KB155200

광해경

이훈영 신무협 장편 소설

광해경

1

뿔미디어

| 목차 |

서장

이 책자는 이 늙은이가 황궁 서고를 정리하다 우연히 발견한 것인데 그 내용이 매우 괴이하여 자칫 불태워질 뻔하였다.

　그 내용이 과장되어 버릴 것이 허다하나 그중 마땅히 이치에 부합하는 것들이 있으니 한 번쯤 살펴보는 것도 좋으리라 여겨 남기노라.

　광해경이란 이름이 붙은 낡은 고서 앞에 달린 주해였다.

　책들이 빼곡한 서고 한편에 기댄 채 그 책을 꺼내 든 소년의 얼굴에 호기심이 가득한 얼굴이었다.

　소년이 첫 장을 넘겼다.

본좌야말로 고금을 통틀어 최고라 할 수 있는 천재.

하나 강호는 본좌를 그저 마군(魔君)의 후예로 여기는지라 그 비통함을 금할 수 없는 바, 평생을 참오하여 이 비서(秘書) 광해경(光解經)을 남기노니.

연자가 만일 그 뜻을 모두 깨우친다면 능히 시공(時空)을 초월하여 그 이름이 광세무변(曠世無變)하리라.

빛을 이해한다는 허황되기만 한 이름의 책자 광해경.

그것을 한 장 한 장 읽는 소년의 얼굴에 호기심 가득한 미소가 번지기 시작했다.

第一章

시작되는 인연들

북경에서 동북쪽으로 삼십여 리 떨어진 곳에 위치한 작은 마을, 봄이 되면 흐드러지게 매화가 핀다 하여 매화촌이란 이름이 따로 붙어 있는 마을은 채 오십여 호나 될까 말까 할 정도로 작은 촌락이다.

하나 그 중심에 자리 잡은 장원 한 채의 풍광만은 더없이 품위가 있어 보였다.

여느 세도가의 장원처럼 으리으리한 것은 아니었으나 고풍스러우면서도 어딘지 아득하게 보이는 장원의 모습은 촌락 여기저기 활짝 핀 매화꽃들과 어울려 더없이 고색창연함을 뽐내고 있었다.

그 장원의 후원에 자그마한 전각이 있었다.

때는 어둠이 스멀스멀 내려오는 시각인지라 장원 여기 저기에 유등이 걸리고 있었으며 전각 안쪽에서도 희미한 불빛이 흘러나왔다.

때마침 전각 밖으로 스물 중반으로 보이는 하인 하나가 나서 조심스럽게 입을 열었다.

"도련님! 장주님께서 찾아 계시옵니다."

하인의 목소리가 들려오자 전각 안쪽에서 책을 보던 앳 된 청년이 슬쩍 고개를 들었다.

"벌써 시간이 그리 되었나?"

"네에! 장주님께서 모셔오라 하셨습니다."

밖에서 또다시 채근하는 목소리가 들려오자 앳된 청년 은 아쉬운 듯 읽고 있던 책자를 바라보았다.

다 헐어 너덜너덜해진 고서를 조심스럽게 덮는 청년, 겉장에는 표제조차 적혀 있지 않았다.

그렇게 책자를 바라보던 청년이 피식하고 웃음을 터트 렸다.

"나를 웃게 해 주는 것은 이 책자뿐이로구나."

잠시간 책자를 바라보는 청년의 얼굴엔 즐거움이 가득 해 보였다.

때마침 문이 열리며 하인이 들어서 청년을 째려보았다.

"아이고 참! 장주님 아시면 경을 치십니다. 또 잡서 따 윌 뒤적거리신다고."

하인은 격이 없이 청년을 대했다. 청년 또한 익숙한 듯 대꾸했다.

"이해 못할 내용들이 대부분이지만…… 읽으면 읽을수록 재밌는걸. 한 번 읽어 볼 테야?"

"아이고, 겨우 까막눈이나 면한 소인이 어찌 도련님께서 어렵다 하는 책을 보겠습니까? 서두르십시오. 별스럽게도 손님이 잔뜩 모여들었습니다."

"손님?"

지난 몇 년간 외인을 거의 들이지 않던 장원에 손님이 들었다 하니 청년 역시 꽤나 의아스런 얼굴이었다.

청년은 다시 한 번 고개를 갸웃거리면서 조심스럽게 책자를 품 안에 갈무리했다. 그걸 보는 하인의 눈길이 여간 찌푸려지는 것이 아니었다.

"그나저나 장주님 모르시게 조심하십시오. 소장주님 때문에 잡서라면 치를 떠는 것이 장주님이십니다."

"알지! 잘 안다구."

"아신다면 어여 서두르기나 하시지요. 장주님 역정 내시면 저희들은 숨소리도 못 냅니다."

계속되는 하인의 채근에 청년이 피식 웃으며 전각을 나섰다.

하지만 밖으로 나선 청년의 얼굴은 점차 굳어져 갔다.

무척이나 불편한 곳을 향하는 듯한 모습, 그런 속내를

잘 아는지 앞선 하인의 나직한 한숨이 이어졌다.

"휴우, 어찌 장주님이나 도련님이나 이렇게들 마음이
안 맞으시는지……."

하인 동삼을 앞세운 채 내원으로 들어선 청년 연후의
눈빛이 살짝 흔들렸다. 평소엔 느낄 수 없었던 분주함과
더불어 낯선 사람들의 모습이 눈에 띄었기 때문이었다.

대학당이란 편액이 걸린 전각 주위를 배회하는 몇몇 중
년인과 노인의 모습에 연후가 잠시 걸음을 멈추었다가 이
내 그들을 지나쳐 전각 입구에 이르렀다.

"소손 연후입니다."

"들어오너라."

나직하면서도 어딘지 힘이 느껴지는 노인의 음성이 흘
러나오자 연후가 숨을 한 번 고른 뒤 전각 안으로 들어섰
다.

그렇게 대학당 안으로 들어선 연후는 또 한 번 눈살을
살짝 찌푸렸다.

십여 년 동안 전혀 달라질 것도 변할 것도 없던 학당
안의 모습에 너무나 익숙해져 있던 연후였다.

하니 지금 학당 안을 차지하고 있던 낯선 이들의 모습
이 더욱 생경하게 느껴질 수밖에 없었다.

동그란 원형 좌탁을 두고 자리를 잡고 있는 이들, 그 대

부분 연후 또래로 보이는 청년들이었다.

그 청년들 역시 연후가 들어오자 잠시 눈길을 돌렸을 뿐, 이내 그들의 시선은 정면에 자리하고 있는 노학사를 향해 다시 이어졌다.

때마침 노학사가 연후를 향해 입을 열었다.

"왔느냐?"

흰 수염과 더불어 그에 잘 어울리는 고풍스런 백색 학사의를 입은 노인의 음성이 울리자 마주하고 있는 청년들은 더욱 조심스러운 태도를 취했다.

하나 연후는 노학사를 향해 어딘지 딱딱한 음성을 내뱉을 뿐이었다.

"금일은 문답을 하지 않는 것이옵니까?"

"왜 없겠느냐? 시작하거라."

"알겠습니다."

연후는 짧게 대답한 뒤 서가 한편에 놓여 있는 필묵과 한지를 꺼내 막힘없이 붓을 휘갈겼다.

순식간에 한지가 채워지며 웅후한 필체의 글자들이 한지 위로 써 내려졌다.

바로 옆 좌탁에서 그 광경을 지켜보던 청년들의 표정에 놀람이 그대로 드러났다. 어딘지 유약해 보이는 연후의 모습과는 달리 써 내려가는 글자 한 자 한 자에 담긴 힘과 기백이 예사롭지 않았기 때문이었다.

그러면서도 청년들은 내심 과연 유가장의 후손이로구나 하는 눈치였다.

하지만 연후의 서체를 지켜보는 노학사의 눈빛은 어딘지 마음에 차지 않는 듯 보였다.

그러거나 말거나 연후는 할 일을 다 했다는 듯 붓을 멈추었고 빼곡한 글자로 채워진 한지를 차곡차곡 모아 노학사에게 건넸다.

"뜻을 읊어 보거라."

"정자(程子)가 이르기를 기울지 않으면 중(中)이라 하고 변하지 않으면 용(庸)이라 했습니다. 중(中)은 천하의 바른 길이고 용(庸)은 천하의 일정한 도리(道理)이며 한 가지 도리(道理)가 중간에 이르러서는 만 가지로 나누어지며, 끝에 가서는 다시 하나의 도리로 모인다 했습니다. 그것을 펼치면 온 우주(宇宙)를 채울 수가 있으며, 두루 감추면 가장 은밀한 곳에 둘 수 있으니 무궁무진(無窮無盡)함이 그 안에 있는 도리이며……."

연후는 고저와 장단이 없는 딱딱한 음성으로 한참이나 입을 열었으나 노학사가 그 음성을 중간에 잘라 냈다.

"되었다. 그만하면 중용은 더 볼 필요가 없는 듯하구나."

역시나 별다른 감정이 느껴지지 않는 노학사의 음성이었다.

그러자 연후 역시나 누가 더 냉정한지 보여 주겠다는 듯 또 한 번 딱딱한 음성으로 물었다.

"하면, 먼저 물러가도 될런지요?"

그제야 노학사의 얼굴에도 조금은 감정이란 게 묻어났다.

"어허! 너는 이 옆에 있는 공자들이 눈에 들어오지도 않는 게냐?"

"제가 알아야 합니까?"

"벗을 사귐은 군자의 즐거움 중 으뜸이라 했거늘……."

"소손이 어찌 군자가 될 수 있겠습니까?"

연후가 지지 않고 곧바로 응대하자 노학사의 눈빛이 꿈틀했다.

"이놈! 네가 정녕!"

"화를 이기지 못하는 것이야말로 소인배의 그것이라 가르치신 것은 조부님……."

"그만! 됐다. 됐어. 이 늙은이가 졌으니 그만하자꾸나."

노기로 가득하던 노학사의 표정과 음성이 누그러들자 연후의 얼굴에도 희미한 미소가 서렸다.

"하면 소손의 청을 하락하시는 것인지요?"

"알았다 하지 않느냐! 내 이미 실력 있는 금군 별장 하나를 수소문해 두었다. 무과에 차석으로 등용한 실력이라 하니 그 정도면 네가 무(武)를 배우기에 부족함이……."

"조부님! 소손의 뜻은 관부의 무공이 아니라 화산이나 무당에 있다 하지 않았습니까?"

"허허! 그것만은 아니 된다 하질 않았느냐? 어찌 본가의 후예가 도사들에게 가르침을 받는단 말이냐? 내 눈에 흙이 들어가도 그것만은 절대로 허락할 수 없느니라!"

더 이상 양보할 수 없다는 듯 두 눈에 힘을 준 노학사의 음성에 연후의 얼굴에 답답함이 더해졌다.

그러한 두 조손간을 지켜보는 청년들은 차츰 뜨악한 마음일 수밖에 없었다.

눈앞에 자리한 노학사의 진실한 모습은 대륙 제일의 문필가이자 황사의 자리까지 역임한 대학자 유한승이었다.

찬하의 모든 유생들이 존경할 뿐 아니라 아직까지도 황실에 막대한 영향력을 행사한다고 알려진 인물이 바로 노학사 유한승인데 그 손자로 보이는 이가 이토록 완강하게 대들고 있으니 그 광경을 지켜보는 청년들의 표정이 편할 리 없었다.

더구나 무엇보다 이해할 수 없는 것은 유가장의 핏줄인 듯 보이는 청년이 도가의 조종이라 추앙받는 무당과 화산파를 언급하고 있으니 청년들의 의구심은 더욱 커질 수밖에 없었다.

청년들 또한 무당과 화산의 이름이 지닌 무게를 충분히 알고 있는 상황, 정작 노학사 유한승만이 그들을 도술이나 부적술로 혹세무민하는 사이비 종파 정도로 여기고 있는 것이다.

"일전에도 중이 된다고 그리 졸라 대더니 이번엔 도사라더냐? 결단코 아니 된다."

"누가 중이 된다 했습니까. 소림사의 속가 제자가 되는 길을 알아본다고 한 것이지요."

"일없다. 어디 배울 것이 없어 유가장의 후예가 그런 잡학들에 목을 맨단 말이냐!"

"제가 조부님의 가르침을 등한시한다는 것도 아니고 그저 당장에 궁금한 것이 있어 풀어 보고자 함이거늘, 어찌 공맹의 가르침만이 전부라 하십니까?"

연후는 조부에게 끝까지 자신의 뜻을 피력했으나 유한승은 이제 더는 듣고 싶지 않다는 듯 반쯤 돌아앉아 버렸다.

결국 연후도 더 이상 말을 꺼낼 이유가 없는 듯 나직하고 딱딱한 음성을 내뱉었다.

"소손, 이만 물러가겠습니다."

연후가 그렇게 휙 돌아서 나가 버리자, 유한승의 얼굴이 더없이 일그러졌다.

너무나 냉랭한 기운만이 학당 안을 가득 메웠고 그 분위기에 자리를 차지하고 있던 세 청년은 사뭇 당황함이 더할 수밖에 없었다.

때마침 유한승의 푸념 섞인 한탄이 이어졌다.

"허허, 어인 바람이 불어 무를 익히고자 하는 것인지…… . 그나저나 저 고집을 누가 꺾는단 말인가, 누가…… ."

노학사의 깊은 탄식이 흘러나오며 분위기가 더욱 가라앉는 그 순간 청년들 가운데서 난데없는 음성이 흘러나왔다.

"흠! 말로 안 되면 흠신 두들겨 패야 말을 듣는 법인데…… ."

전혀 상황과 어울리지 않는 장난기 넘치는 음성이었다.

그 음성의 주인공은 어딘지 악동 같은 미소를 짓고 있는 청년이었다.

그런 청년을 좌우에서 지켜보는 또 다른 두 청년의 얼굴 역시도 잔뜩 일그러졌다.

아무래도 유가장에서의 생활이 순탄치 않을 것 같다는 눈빛의 두 청년들이었다.

*　　　*　　　*

본좌 나이 스물에 무공에 뜻을 두고 강호무림의 문파를 찾았으나 모두가 새대가리들뿐인지라 그 누구도 본좌의 출중함을 알아보지 못하였다.

하여 스스로 무공 창안에 몰두하여 그 뜻을 이루니 본좌는 단 두 가지 무공으로 강호를 질타할 수 있었다.

하나 이제 돌이켜 보건대 본좌의 두 가지 무공에 부끄러움이 있음을 인정할 수밖에 없다.

도마(刀魔) 늙은이의 심도(心刀)나 마존(魔尊)이 남겼다는 혼원신공은 분명 본좌의 무학보다 지고한 경지라 할 수 있다.

본좌가 창안한 무공들이 이렇듯 강호무림의 절세신공절학들과 비교하여 조금씩 모자람이 있으니 어찌 그것을 참을 수 있었겠는가.

서가의 한쪽에 앉아 책자 위에 적힌 글귀를 바라보는 연후의 표정은 무척이나 즐거워 보였다.

우울할 때마다 보게 되는 이 광해경이란 책자는 언제나 연후를 웃음 짓게 만들었다.

연후가 무공을 배우고 싶은 이유도 따지고 보면 모두 이 광해경을 접한 뒤부터였다.

무공을 익혀 무엇을 해 보겠다는 것이 아니라, 그저 이 광해경을 온전히 이해하기 위해 무공에 대한 지식이 필요한 것뿐이었다.

실제로도 광해경을 읽다 보면 생경한 말들이나 이해할 수 없는 구절들이 잔뜩 흘러나왔다.

당장 대과를 치른다 해도 장원은 따 놓은 당상일 정도의 지식을 익힌 연후였지만 광해경만은 전혀 달랐다.

무슨 무슨 심법이니 어디 어디의 혈도니 하는 말들은 의서들을 아무리 뒤적여도 찾을 수 없었고 그러다 그러한 말들이 오로지 강호무림이라는 곳에서 쓰이고 있음을 알게 되었다.

그래서 무공을 배워 보고자 하는 것이었다.

연후는 다시금 책자를 넘겨 온전히 모두 익힌다면 고금제일인(古今第一人)이 될 수 있다는 광해경에 빠져들었다.

고 계집은 늘 본좌의 무공이 뇌령마군의 절기라 무시하며 본좌를 도마 늙은이의 아래로 여겼다.

또한 본좌가 보지 못하는 것을 본다 하며 본좌를 업신여기니 기필코 그 계집아이의 콧대를 꺾어 놓겠다고 결심하였다.

하여 뇌령을 버린 채 황산에 은거하여 오직 본다는 것 하나만을 참오하기 시작하였다.

그때가 본좌의 세수가 일 갑자에 이르렀을 때였다.

그로부터 십오 년 세월 동안의 참오 끝에 마침내 세상 그 누구도 보지 못하는 것을 볼 수 있게 되었다.

그것이 바로 천광류(天光流), 즉 빛의 흐름이다.

본좌는 그로부터 얻은 심득을 능광선법(凌光仙法)이라 명명하였으니, 능광선법이야말로 고금무적의 신공절학이라 할 수 있을 것이다.

하나 천광류의 심득만으로는 부족함을 느껴 본좌는 다시 한 번 기나긴 여정을 시작하였다.

또다시 세상을 한 바퀴 돌아 다시금 중원으로 돌아오는 기나긴 여정을 행하였으니 그 시간 동안 본좌는 많은 서역의 현자와 이인들을 만나 새로운 깨우침을 나눌 수 있었다.

그리고 마침내 능광선법을 완성하여 이 책자를 저술할 수 있게 되었다.

하여 본좌의 기록은 중원의 상리로 쉽게 이해할 수 없는 것이 수두룩하니, 연자는 그대가 알고 있는 얕은 지식의 잣대로 감히 본좌의 심오한 가르침을 함부로 예단치 말지니라.

읽으면 읽을수록 즐거운 것이 광해경이란 책자였다.

처음 접했을 때만 해도 자존자대한 광인(狂人)이 남긴 허황된 이야기라고 생각했다.

그저 이 또한 서가 한편에 수두룩한 잡서 따위의 하나

가 아닐까 여긴 것이다.

집을 뛰쳐나간 부친 때문에 잡학을 병적으로 싫어하는 것이 조부 유한승이었다.

관학이 아닌 모든 학문을 잡학이라 생각하는 조부, 더군다나 아버지가 잡학에 빠져 집을 뛰쳐나갔다는 이유로 잡서라면 치를 떠는 것이 조부였다.

그런 조부에 대한 반발심 때문에 억지로 뒤적이기 시작한 것들 중 하나에 바로 이 광해경이 끼어 있었다.

또한 맨 처음 읽고 난 후엔 까맣게 기억 속에서 지워 버린 책자이기도 했다.

워낙 상리에 어긋나는 말들이 가득할 뿐 아니라 이해할 수 없는 구절들이 허다하니 신경 쓸 이유조차 없었던 것이다.

한데 어느 날 기이한 경험을 하게 되었다.

비가 잔뜩 내린 다음 날 아침, 후원 뒤편 야산으로 칠채 예홍(무지개)이 생기는 광경을 보다가 문득 광해경의 내용 한 구절이 떠오르게 된 것이다.

예홍이란 것을 보는 것이 무슨 대단한 일은 아니다.

호반에서 흔히 볼 수 있으며, 물이 있는 곳에 심심치 않게 생겨나는 것이 예홍이니 비 온 뒤라면 누구라도 볼 수 있는 것이 예홍이다.

한데 잡서 치부하고 넘겨 버린 광해경에 예홍에 대한

전혀 새로운 해석이 담겨 있던 것이 떠오른 것이다.

광(光)에도 능히 만물과 같은 본질이 있음에도 불구하고 그 빠름이 촌각과도 같아 세상 그 누구도 이를 알아차리지 못하는 것일 뿐이니라.

하니 어찌 우매한 범인들이 이 이치를 이해하겠는가.

그저 보이는 것이 전부인 줄 아니 아둔한 것들을 일일이 가르쳐 깨우치기를 포기하였도다.

광에도 절(折)이 있고 환(幻)이 있고 변(變)이 있음이니 칠채예홍이 바로 이를 증명하는 것이다.

예홍이란 광의 절과 환을 통해 생겨나니 이야말로 광의 본질을 내보인다 할 수 있을 것이다.

칠채예홍이 꼭 책자의 구절들이 말한 것처럼 여겨진 것도 연후에겐 기이한 느낌이었고, 그러자 광해경의 맨 첫 장에 주해를 달아 놓은 것이 새삼스럽게 다가왔다.

다른 누구도 아닌 유가장을 세운 인물이 친히 달아 놓은 주해였다. 측량할 수 없는 지혜와 지식으로 명 태조 홍무제에게 문왕이란 칭호와 함께 황사의 직위를 하사 받았던 인물이 바로 유가장의 시조 유원학이었다.

그런 이가 한 번쯤 읽어 볼 만하다고 친히 주해를 달아 놓았으니 연후는 다시 한 번 광해경을 진지하게 읽게 되었다.

한데 이 책자가 읽으면 읽을수록 재밌는 것이었다.

그렇게 연후가 광해경을 끼고 산 것이 벌써 삼 년여가 지났고 그간 족히 수백 번을 넘게 읽었다.

그러한 과정에서 연후가 알아낸 것들은 놀라운 사실들이었다.

이 광해경의 내용들이 지금 중원의 학문을 한참이나 뛰어넘는 경지에 도달한 것임을 알게 된 것이다.

특히 광학(光學)이라 언급된 부분에는 초자(硝子, 유리)를 볼록하게 만들면 노화경(老花鏡, 돋보기)을 만들 수 있다는 구절이 있는데, 이 노화경이란 기물은 원이 멸망한 후에 세상에 알려진 물건이다.

더군다나 색목인들과의 교역으로 최근에서야 북경 세도가들 사이에 유행하는 것이 바로 이 노화경인데 이 책자에 그 노화경의 원리가 적혀 있는 것이다.

더구나 이 책자가 저술된 시기는 아무리 짧게 잡아도 최소 이백 년 전이었다.

책 여기저기에 등장하는 저자의 사질이라는 이가 대리국의 황자라 기록되고 있는 것을 보며 그 시기를 짐작할 수 있었다.

대리국이 원의 남만 정벌에서 몰락한 것이 근 이백 년이 넘었으니 어쩌면 광해경은 그 시기보다 더 오래전에 기록된 책자일 수도 있는 것이다.

연후가 광해경을 전혀 다른 마음으로 보기 시작한 것도 그런 일들이 있었기 때문이었다.

때문에 이 글이 쓰인 정확한 시대를 알아보기 위해 동삼을 시켜 북경에서 제법 알아준다는 매화자(이야기꾼)를 불러들였다.

책자에는 꽤나 거창한 별호를 지닌 인물들이 여럿 등장하는데 그중 단연코 가장 많이 언급된 인물이 무선(武仙)이라는 인물이었다.

한데 매화자의 대답이 가관이었다.

"헤헤헤, 그는 그냥 전설의 인물입죠. 또한 전설로만 따져도 너무너무 오래 살아서 그가 대체 언제 죽었다고 말씀드리기가 애매합니다. 송 중기에 태어나 남송 시대까지는 살았을 겁니다. 한 이백오십 살 정도 살았으려나요? 그러니까 누구도 사람으로 안 보는 것입죠. 오죽했으면 환우오천존도 아니고 삼종불기(三宗不記)라는 이름으로 묶어 놓았겠습니까?"

환우오천존은 강호무림사에 기록되어 있는 가장 강한 무인 다섯 명을 말하는 것이고, 삼종불기는 말뜻 그대로 너무나 전설 같아 도저히 기록할 수도 없는 절대적인 세 명의 대종사를 이른다는 것이 매화자의 말이었다.

하나 연후가 궁금한 것은 그러한 세세한 강호인들의 영

웅담이 아니라 광해경이 저술된 정확한 시기였다.

하여 책자에 등장하는 또 다른 이름들을 물었으나 딱히 명확한 답을 얻을 수는 없었다.

"도마라는 이는 들어 본 적이 없습니다. 다만 말씀하신 마존이란 이름으로 짐작되는 이가 몇 있긴 한데, 아마도 무선과 견주는 마존이라면 도제(刀帝)를 칭하는 것이 아닐까 합니다. 한데 그 도제는 무선보다 훨씬 오래전 인물입니다. 환우오천존의 일좌를 차지하고 있는 존재로 이름은 단리극이라 하며 단칼에 무려 오백여 명의 정파 고수들을 베었다고 알려진 신화적인⋯⋯."

무엇에 그리 신났는지 그 후로 매화자는 환우오천존에 관한 이야기들을 잔뜩 떠들어 댔지만 정작 연후는 그러한 말들은 한 귀로 흘러들었다.

"저기 혹시 뇌령마군은 아시는지요? 그의 무공을 익힌 인물이라든지, 혹은 제자라는 인물이 활동한 적은 없습니까?"

광해경의 저자가 뇌령마군의 무공을 익혔다는 사실을 기억해 낸 연후의 질문에 매화자의 답은 더욱 알쏭달쏭하기만 했다.

"뇌령마군은 뇌제라 불리며 그는 당나라 말기에 세상에 나섰던 인물이죠. 역시나 환우오천존으로 기록되는 전설상의 고수입니다. 하지만 뇌제에게 제자가 있었다는 이야긴 금시초문인지라……. 있었다면 아마 당나라 시절의 인물이 아니겠습니까?"

어째 인물이 언급되면 언급될수록 과거로 거슬러 가니 결국 연후는 책의 저술 시기를 밝히는 일을 포기할 수밖에 없었다.

하지만 매화자를 돌려보내고 난 후 연후는 광해경에 더욱 빠져들게 되었다.

어쨌든 매우 어마어마한 인물들과 친분이 있거나, 그들을 눈 아래 보고 있던 사람이 쓴 책자이며, 또한 등장하는 인물들의 존재가 무척이나 신빙성이 있다는 것을 확인했기 때문이었다.

거기다 이미 연후는 광해경의 내용들을 빠짐없이 습득하고 있는 상태였다.

다만 그걸 확인하자면 무공 수련을 해야 하는데, 정작 가장 중요한 능광선법을 익힐 방법이 마땅치 않다는 것이다.

무공에 대한 지식이 거의 없는 연후가 책자에 적힌 구절들만 가지고 해낼 수 있는 일도 아니거니와, 더더욱 어이없게도 능광선법을 익히기 위해선 기본적으로 삼십 년 공력이 있어야만 한다는 것이다.

밑도 끝도 없이 알아서 삼십 년 공력을 익히라고 하니, 그 일을 해결하지 못하는 이상 책자의 내용이 사실인지 확인하는 일은 결국 불가능한 일이나 다름없었다.

그것이 연후가 무림 문파로 가고자 했던 이유였다.

동삼을 시켜 알아보니 북경에서 가까운 문파 중 소림, 화산, 무당이 있다 하니 그곳에 가서 그 내공이란 것을 배워 보고자 했다.

하지만 조부의 극렬한 반대에 부딪혀 더 이상 시도조차 할 수 없게 된 상황이니 나날이 답답함은 커져 갔다.

일단 공력이 있어야만 능광선법 속에 언급된 광안(光眼)이니 광령(光靈)이니 하는 것들을 익힐 수가 있는데, 정말로 이 광안과 광령을 얻으면 책자에서 말한 마지막 경지에 이를 수 있는지에 대한 호기심도 가중되었다.

저자의 말에 따르면 그 경지에 이르면 시간과 공간조차 뛰어넘을 수 있다 하니 정말로 여동빈 같은 신선이 될 수도 있지 않을까 하는 생각마저 들었다.

아니 그런 허황된 것을 목표로 하는 것은 아니었다.

그저 순수한 호기심으로 능광선법이란 것을 익히고 싶은 마음이었다.

한데 요 근자에 방해꾼들이 유가장 안에 잔뜩 모여 있었다.

아니나 다를까 때마침 서가 밖에서 시끄러운 음성이 들려왔다.

"어이! 샌님! 나와 봐!"

책을 읽던 연후의 눈길이 잔뜩 일그러졌다.

얼마 전부터 후원에 머물게 된 이들 중 연후를 제일 골치 아프게 하는 청년의 음성이었다.

"휴우!"

연후의 얼굴이 한숨과 함께 더없이 일그러졌다.

第二章

동문수학

모든 기(氣)와 신(身)의 변화는 세 가지 법 안에 있으니 본좌는 이를 유동(流動)의 삼법(三法)이라 이름 붙였다.

이를 이해하기 하기 위해선 이 땅이 둥글다는 것을 이해해야만 하나 무지한 범인들을 설득할 방법이 마땅치 않도다.

본좌가 서쪽으로 끝없는 여정을 계속하다 중원으로 돌아올 수 있었던 것도 모두 이에 기인한 것이나, 누구도 믿지 않으니 결국 아둔한 중생들을 이해시키기는 것을 포기하였다.

다만 서역의 현자들만이 본좌의 뜻을 이해하여 살피니 후대에 크나큰 광영이 있을 것이다.

대저 구체로 이루어진 지면 위에서 만물이 낙하하지 않고 유지되는 이유는, 만물이 서로를 잡아끄는 힘에서 기인함을 참오하여 깨달았으니, 하여 본좌 그것을 인력(引力)의 법이라 이름 붙였다.

유동의 삼법이란 이 인력의 법을 이해치 못하고 깨우칠 수 없으니 본좌의 말을 의심하는 자, 이쯤에서 포기하고 좀 더 똑똑한 연자에게 이 기록을 전하는 것이 좋을 것이다.

자신을 부르는 음성에 서가를 나온 연후는 대번에 인상을 찌푸렸다.

며칠 전부터 연후의 신경을 잔뜩 거슬리게 만드는 이가 해쭉 웃으며 서 있었기 때문이었다.

"야! 마을 구경 좀 시켜 주라."

죽마지우라도 이처럼 편히 부르지 못할진대 청년은 막무가내였다.

더구나 또래의 친우를 단 한 번도 사귀어 본 적 없는 연후로선 이 혁무린이란 청년을 어찌 대해야 할 것인지 난감하기만 했다.

"혁 공자! 소생은 보던 서책이 있어서……."

"제발 그렇게 애늙은이처럼 굴지 마라. 혁 공자가 뭐냐? 그냥 무린이라고 불러."

"어찌 서로에 대해 잘 알지도 못하는데 쉽게 말이 놓이겠습니까? 저는 이대로⋯⋯."

"내가 신강에서 왔다고 무시하는 거냐? 중원의 예법도 모른다고?"

"그런 것이 아니라⋯⋯."

"누가 보면 내가 나쁜 놈인 줄 알 거 아냐? 그냥 또래끼리 말 놓자는데 뭔 이유가 그리 많냐?"

혁무린을 비롯한 다른 두 명의 청년이 유가장에 들어온 지 고작 나흘이 지났을 뿐이다.

한데 혁무린이란 청년은 늘 이런 식이었다. 연후는 그런 혁무린을 어찌 대해야 할지 대책이 서질 않았다.

때마침 난감해하고 있는 연후의 구원자가 나타났다.

"무린 형님! 유 공자님을 너무 몰아세우지 마십시오."

서가로 이어지는 문 한쪽에서 들려온 음성이었다.

"오! 강이 왔구나. 뭐, 바쁜 일 있다더니?"

무린은 후원 안쪽으로 들어서는 청년을 반갑게 맞이했다.

한눈에 봐도 귀한 집 자제 태가 나는 앳된 청년이었다.

다만 연후나 무린보다 두어 살은 어려 보여 이제 갓 열다섯이나 넘겼을 법한 외향이니 사실 청년이라기보다 소년이라 말해야 마땅할 모습이었다.

그렇게 나타난 청년은 연후를 향해 포권을 취했다.

"일전에는 제대로 인사를 드리지 못했습니다. 단목강이

라 합니다."

혁무린과는 전혀 달리 예법 하나만은 확실히 배운 태도였다.

연후도 그에 화답하기 위해 두 손을 말아 쥐었다.

"유연후라 합니다. 인사가 늦었습니다."

"아닙니다. 스승님께 듣기로 소제보다 두 해 먼저 태어나셨다 하니 형님으로 모시겠습니다."

"그럴 수는 없습니다. 한두 해 먼저 난 것이 무슨 벼슬이라고 과례를 받겠습니까? 이대로 지내는 것이 좋을 듯합니다."

"그럼 그리 알겠습니다. 유 공자님."

연후와 단목강이 서로를 향해 예를 차리는 동안 무린이 마땅찮은 얼굴을 하고 있다 한 소리를 내뱉었다.

"아이고, 애늙은이들도 아니고."

혀까지 차는 무린의 그런 태도에 연후뿐만 아니라 단목강도 여간 내키지 않는 눈빛이었다.

"무린 형님! 말씀이 과하십니다. 소제야 편히 대하셔도 유 공자님께 그리하시는 것은 크나큰 결례입니다."

"에구구구! 진짜 애늙은이는 너로구나. 네놈들이랑 무슨 재미로 삼 년을 버틴단 말이냐. 생각할수록 답답하구나."

무린은 정말로 가슴이 터지겠다는 얼굴로 단목강과 연

후를 쳐다보았다.

그런 혁무린을 보는 연후야말로 그 눈에 답답함이 가득했다.

'대체 이 녀석은 뭐야? 조부님께선 어쩌자고 이런 놈을 문하로 받아들이신 건지……'

연후의 그런 마음을 아는지 모르는지 무린은 벌써 잔뜩 심드렁한 얼굴이 되어 버렸다.

"그나저나 강이 넌 여기 뭐 하러 왔냐?"

무린의 질문에 단목강이 연후를 향해 입을 열었다.

"유 공자님께 청이 있어서 왔습니다. 저, 결례인 줄로 알지만 아침저녁 이곳에서 수련을 좀 했으면 합니다. 연무장이 따로 없는데다 장원이 그리 넓지 않아 마땅한 곳을 찾기가 쉽지 않습니다."

단목강이란 청년의 조심스러운 음성에 연후가 고개를 갸웃거렸다.

"수련이라시면?"

연후는 언뜻 이해하지 못하겠다는 얼굴이었다.

조부의 문하로 들어왔다는 것은 문에 뜻을 두고 있다는 말이었다.

그런 이가 서가를 사용하겠다는데 안 된다고 할 이유는 없었다. 하지만 서가를 찾는데 수련이란 말을 사용할 리 없으니 연후가 의아한 눈빛을 한 것은 당연한 일이었다.

그때 다시 혁무린이 끼어들었다.

"너 단목세가도 모르는 거냐?"

무린이 조금 한심하다는 표정을 지으며 묻자 연후가 오히려 고개를 갸웃거렸다.

단목세가란 곳을 반드시 알아야 하는 것인가 하는 반문을 얼굴 표정으로 한 것이다.

혁무린이 그런 연후를 보며 또다시 혀를 찼다.

"매일 이런 장원 구석에 처박혀 있으니 세상 돌아가는 걸 모르지. 강호제일가가 바로 단목세가다. 거기 대공자가 요기 있는 내 아우지. 아 참! 너 분명 나한테 형님 하기로 한 거 잊으면 안 된다. 나중에 물리고 그러기 없기야!"

몇 번이나 확인하는 듯한 혁무린, 하지만 연후는 아직도 무린이 한 말을 완전히 이해하지 못한 얼굴이었다.

강호에 대한 지식이라곤 이전에 매화자에게 들었던 것과 하인 동삼이 조금씩 알아다 주는 것이 전부인 연후였다.

하니 단목세가란 이름과 그 세가의 대공자란 지위가 어떤 것인지 전혀 알 길 없는 것이다.

그렇게 호들갑을 떠는 혁무린이나 의아한 얼굴의 연후를 보면서도 단목강은 별다른 표정의 변화가 없었다.

"이곳 후원에서 무공 수련을 좀 하고자 합니다. 해서 유 공자께 허락을 좀 구하고 싶습니다."

그제야 연후가 새삼스런 눈으로 단목강을 쳐다보았다.

정말로 무공을 익혔냐 하는 듯한 눈빛이었는데, 혁무린이 또다시 끼어들었다.

"단목세가의 대공자니까 당연한 거지! 너 정말 아무것도 모르냐? 화산이나 무당 같은 곳도 단목세가에 비하면 애들이나 다름없다고!"

혁무린은 꽤나 신이 난 듯한 얼굴이었다.

하지만 단목강의 얼굴이 살짝 일그러졌다.

"무린 형님! 어찌 그런 말씀을! 구대문파는 그 이름만으로도 거대한 산자락과도 같은 곳입니다. 소제의 가문을 높이 여겨 주시는 것은 고마우나 그러한 폄하를 함부로 했다가는 자칫 무린 형님께 화가 미칠 수도 있습니다."

단목강은 나이답지 않게 너무나도 진중한 눈빛이었고, 연후는 그 순간 왠지 모를 위축감을 느껴야만 했다.

온몸의 살갖이 파르르 떨리는 기이한 느낌이었는데 그 것이 난생처음 대하는 고수의 기운이라는 것조차 연후가 알 리 없었다.

비록 어리다 하나 단목강은 이미 무형의 기세를 은은히 발출할 수 있는 경지에 이른 후기지수였다.

타고난 무재(武才)에다 어린 시절부터 체계적인 수련을 쌓은 단목강은 능히 고수라 불릴 수준에 벌써 도달해 있는 것이다.

하나 정작 그런 단목강의 기세를 정면으로 맞받는 무린
은 전혀 신경도 쓰이지 않는다는 표정이었다.

아니 오히려 단목강을 향해 이죽거리는 음성을 내뱉었
다.

"이 녀석이! 어딜 감히 그런 눈으로 형님을 꼬라 봐! 너
그러다 큰일 난다."

혁무린의 말에 단목강은 잠시 어이없다는 눈빛이었다.

단목강 역시 무린이 이렇게 나올 때 어찌 대처해야 하
는지 마땅치가 않았다.

실상 단 한 번도 자신을 이렇게 편히 대하는 사람을 본
적이 없는 단목강이었다.

게다가 무공 하나 익히지 않은 몸에 자신의 신분마저
잘 알고 있는 상대가 이렇게 막무가내로 나오니 단목강이
야 당황함을 느낄 수밖에 없었다.

첫 대면부터 쉽지 않았던 이가 혁무린이었다.

"이야! 단목세가의 대공자가 바로 너였구나? 몇 살이
냐? 딱 봐도 나보다 두세 살은 어려 보이는데?"

"오? 그럼 나보다 두 살 어리구나. 그럼 앞으로 형님으
로 모셔라."

"왜 싫으냐? 신분 때문에 그러는 거냐? 그런 거면 걱정
마라. 내가 이래 봬도 굉장한 곳의 문주가 될 몸이다. 그

러니까 형님 동생 해도 나쁠 거 없어."

"어! 거참. 까다롭게 구네. 자부문(慈府門)! 너는 들어
본 적도 없을 거다. 굉장한 곳이니까. 너네 단목세가는 비
교도 안 돼. 그러니까 이 형님, 잘 모셔라. 그럼 두고두고
복이 된다."

혁무린과 처음 나누던 대화가 떠올라 골이 지끈거리는
단목강이었다.

어차피 자신도 제왕학을 배우기 위해 최소 삼 년간 이
곳 유가장에 머무르기로 부친과 약속을 했다.

싫든 좋든 어쩔 수 없이 보내야 할 시간, 그 때문에 전
혀 이름도 들어 본 적 없는 문파 출신의 혁무린과 호형호
제를 허락한 것이다.

거부했다가 꽤나 귀찮아질 것 같아 수락하였지만 날이
갈수록 그 결정이 잘된 것이라는 생각이 들지 않았다.

단목강이 그런 난감한 표정으로 무린을 바라보고 있을
무렵, 또 다른 청년이 후원으로 발걸음을 옮겼다.

"여긴 내가 먼저 찍었다. 너는 다른 곳을 알아 봐라."

잔뜩 날이 선 음성과 더불어 인상 자체가 너무나 날카
로운 청년이었다.

검게 그을린 것인지 아니면 원래부터 까만 것인지 헷갈
리는 빛깔의 피부를 지닌 청년, 아니 딱 보면 청년이라 할

수도 없이 그냥 그 자체로 어른이나 다름없는 모습이었다.

서른 살이라고 해도 누구 하나 토를 달지 못할 모습을 한 청년, 하지만 분명 무린이나 연후와 동갑인 청년이었다.

그 청년의 갑작스런 등장과 음성에 가장 먼저 반응한 것은 역시나 혁무린이었다.

"오! 다인이 왔냐?"

엄청나게 반갑다는 표정의 혁무린, 하지만 다인이란 이름의 청년은 더욱더 날카로운 눈빛으로 혁무린을 쏘아보았다.

하지만 혁무린은 역시나 전혀 신경 쓰지 않는다는 표정이었다.

무린을 흘겨본 다인이란 이름의 청년의 시선이 단목강을 향했다.

"여긴 내가 먼저 택하였으니 넌 다른 곳을 알아보라고 했다."

너무나 쌀쌀맞은 음성에다 일방적인 통보였다.

단목강은 꿈틀거리는 눈빛을 애써 지우며 다인이란 청년을 향해 정중히 입을 열었다.

"사 공자! 소생이 먼저 유 공자께 허락을 구하고 있던 차였습니다."

단목강은 예를 잃지 않고 입을 열었으나 까만 피부의

청년은 더욱 날카로운 음성을 내뱉었다.

"누가 사 공자란 말이냐? 사다인 그것이 그냥 내 이름이다. 그리고 네놈도 조심해라. 다음부턴 용서 없다."

사다인이란 청년이 단목강은 물론 혁무린을 강렬한 눈길로 쏘아보았다.

초장에 기선을 제압하겠다는 의지가 활활 타오르고 있는 듯했다.

하지만 단목강이나 혁무린은 별다른 반응을 하지 않았다.

무린은 무린대로 이 상황이 재밌다는 얼굴이었고, 단목강은 여린 얼굴과는 달리 그 눈빛에 여유가 있었다.

특히나 단목강은 이런 정도의 도발에 발끈할 정도로 수양이 낮지 않았으며 충분한 힘을 지녔다고 자신했다.

정작 이 난데없는 상황의 틈바구니에 끼어들게 된 연후만이 꽤나 난감한 표정을 짓고 있었다.

그때 마침 혁무린의 음성이 들렸다.

"잘됐네. 그럼 둘이 붙어서 이긴 사람이 여길 쓰는 걸로 하자. 어때?"

일순간 사다인과 단목강의 눈빛이 부딪혔다.

그런 수가 있나 하는 듯한 표정을 거의 동시에 짓고 있는 것이다.

두 사람 모두 상대에게 진다는 생각은 전혀 하지 않는

눈빛이었다.

"소제는 무린 형님의 뜻을 따르지요."

"흥! 겁 없는 녀석! 나는 어린애라고 해서 봐주지 않는다."

"바라는 바입니다."

사다인과 단목강의 음성에 날이 섰다. 그러자 연후가 나섰다.

"대체 왜들……."

그런 연후를 혁무린이 슬쩍 만류하고 나섰다.

"놔둬 봐. 재밌잖아. 원래 애들이 친해지려면 서로 치고 박고 하면서 그러는 거야."

언제 연후 옆에 왔는지 착 달라붙어 두 사람을 응시하는 혁무린, 그 순간 사다인의 눈빛이 무린을 향해 강렬하게 쏘아졌다.

마치 맹수의 그것을 보는 듯한 더없이 살벌한 눈길이었다. 마치 너 먼저 죽여 주랴라고 말하는 것 같았다.

"하하하! 이봐! 상대는 앞에 있다고. 그리고 다시 말하지만 난 친구랑은 안 싸워. 그거 정말 다행으로 여겨야 할 거야. 내가 진짜로 하면…… 하하하하! 아냐! 아냐. 그냥 둘이 먼저 일단 붙어 보라고."

이 상황이 마냥 즐거운지 무린이란 청년은 내내 그렇게 들뜬 음성을 내뱉었으며 그 중간에 낀 연후는 고개를 절레절레 내저을 수밖에 없었다.

"대체 어쩌자고……."

평온하고 여유롭던 시간들이 이제 다 지나갔음을 연후는 본능적으로 느끼고 있었다.

＊　　　＊　　　＊

무린이 기대했던 것과 달리 승부는 순식간에 갈렸다.

퍽!

"큭!"

단 한 번의 둔탁한 타격음과 비명이 울리며 싸움이 끝나 버린 것이다.

그리고 그 결과는 사뭇 의외였다.

중원제일가의 소가주란 이름이 무색하게 단목강은 사다인의 한주먹에 복부를 가격당했고, 그대로 나가떨어지고만 것이다.

그걸 지켜본 무린과 연후는 너무나 상반된 표정을 짓고 있었다.

무린의 눈은 '오호! 제법이네' 하는 것이 역력한 표정으로 사다인을 보고 있었으며 반대로 연후의 얼굴엔 분노가 차올랐다.

"대체 이게 무슨 짓이오! 어찌 다 큰 어른이……!"

아직 어린 청년을 이토록 무자비하게 때릴 수가 있느냐는 말이 연후의 목구멍에서 치밀어 오르는 순간이었다.

그때 복부를 부여잡은 채 바닥을 나뒹굴던 단목강의 노성이 흘러나왔다.

"비겁한!"

하나 사다인의 얼굴엔 아무런 감정조차 느껴지지 않았다.

"중원 놈들은 싸우기 전에 자 이제 한 대 때립니다 하고 얘기해 주나 보지?"

명백한 조소가 담긴 음성, 그 순간 단목강의 얼굴이 더욱더 일그러졌다.

하지만 감히 반박을 할 수 없었다. 아니 반박을 하는 것이 더욱 치졸하단 생각이었다.

분명 비무를 승낙했고 그 순간과 동시에 너무나 강렬한 통증이 복부로 밀려든 것이다.

아무리 암습이라 하나 변명의 여지가 없었다.

또한 상대를 경시했던 대가와 결과를 인정해야만 했다.

단목강은 더 이상 아무런 말도 하지 않았다.

"오늘부터 여긴 내가 쓰마."

사다인이 그런 단목강을 향해 한마디를 더 한 후 휑 하니 돌아섰다.

그때 연후가 소리쳤다.

"대체 누구 마음대로 여길 사용한다 하시는 것이오?"

연후가 보기에 사다인은 진정으로 패악한 인물이었다.

저만한 덩치로 자기보다 머리 하나가 작은 단목강을 후려친 것이다.

아무리 생각해도 어른이 아이를 일방적으로 구타한 것으로밖에 보이질 않았다.

순간 사다인이 연후를 노려보며 싸늘한 음성을 내뱉었다.

"유가장이 네놈 것이냐?"

사다인의 난데없는 질문에 연후는 그만 말문이 막혔다. 그런 연후를 향해 사다인이 다시금 나직한 목소리를 내뱉었다.

"스승님께서 문하로 거둬 주셨으니 나도 여길 쓸 권리가 있다."

순간 연후의 눈빛이 꿈틀했다.

"당신 같은 사람이 학문을 익혀 무엇을 한다고!"

"네놈처럼 되지도 않는 응석이나 부리는 놈에게 듣고 싶은 말은 아니다."

사다인은 다시 한 번 싸늘한 조소를 내뱉었다.

첫날 연후와 조부의 다툼을 비꼬고 있는 것이다.

살아오면서 이러한 비아냥거림을 들어 본 적이 없는 연후 역시 감정이 격해졌다.

"말씀이 지나치시오. 일면식이 고작이거늘 어찌 그런 말을!"

연후의 눈빛이 은은한 노기와 함께 사다인을 향해 쏘아졌으나 사다인의 얼굴은 오히려 더욱 차갑게 변했다.

"내 말이 그거다. 일면식이 고작인 놈이 나에 대해 뭘 안다고 학문을 배우네 마네 하는 거냐?"

거친 생김새와 달리 사다인의 말솜씨는 연후가 꼼짝하지 못할 정도였다.

그렇다고 해도 연후 역시 지고는 못 사는 성격이었다.

"힘으로 약자를 괴롭히는 이가 배움을 얻어 무엇 하겠소? 당신 같은 사람을 문하로 거둬들이다니 내 조부님께 당장 따져야겠소."

연후는 당장이라도 조부 유한승을 찾아가려는 듯 발걸음을 떼는 시늉을 했다.

하나 사다인은 그런 연후를 보며 또다시 싸늘한 조소를 토해 냈다.

"어린애는 너로구나. 적어도 저 녀석은 자기의 패배 정도는 인정할 줄 아는 녀석이다."

사다인은 단목강을 슬쩍 쳐다본 뒤 더 이상 말을 섞을 필요조차 없다는 표정으로 후원을 빠져나가 버렸다.

연후는 그저 멍한 얼굴로 사다인이 사라지는 것을 바라보고 있을 수밖에 없었다.

아무리 생각해도 잘못한 것이 없는데 뒤돌아서던 사다인의 눈길이 여간 마음을 불편하게 하는 것이 아니었다.

때마침 단목강이 비틀거리며 일어서 연후를 향했다.

"유 공자님! 쓸데없는 참견이십니다."

단목강도 꽤나 쌀쌀맞은 음성과 눈빛으로 휭 하니 돌아서 후원을 빠져나갔다.

연후는 또다시 멍한 표정이었다.

두 사람의 태도를 보아하니 자신이 뭔가 잘못한 것인가 하는 생각마저 들었다.

하나 무엇이 문제인지 도통 알 수가 없었다.

그때서야 내내 즐거운 표정이던 무린이 슬쩍 연후에게 말을 걸었다.

"애들은 원래 싸우면서 크는 거야! 신경 쓰지 말라구. 자자, 그럼 우리 기분이나 전환할 겸 마을 구경이나 가 볼까?"

뭐가 그리 좋은지 여전히 무린의 입가에는 생글거리는 미소가 가득했다.

어찌나 얄미운지 연후마저 속마음 같아선 한 대 패 주고 싶은 기분이 일 정도였다.

하나 연후는 대꾸조차 할 마음이 없었다.

그저 휭 하니 돌아서 다시 서가로 들어가는 것이 할 수 있는 일의 전부였다.

"어이! 그냥 가는 법이 어딨어?"

무린이 연후를 붙잡아 보지만 결국 무린은 후원에 혼자 남게 되었다.

잠시 뒤 무린의 얼굴에 묘한 미소가 걸려 있었다.

"이거 생각보다 그리 심심하진 않겠는걸. 그렇지 않아. 초노?"

홀로 있던 무린의 음성이 그렇게 이어지자 허공 어디에선가 나직한 노인의 웃음소리가 이어졌다.

"흘흘흘, 함께 하시는 아이들 말고도 꽤나 재밌는 일들이 있을 듯합니다."

"강이 녀석 호위 말고 뭐 다른 게 있어?"

"묘한 움직임이 마을 주변에 포착되고 있습니다. 복색이나 움직임을 보아하니 황궁 쪽 인물들인 듯합니다."

"그거야 뭐, 황제의 스승이 있는 가문이니까 그럴 수도 있는 거잖아?"

"흘흘흘흘, 그저 그뿐이면 다행이겠지요."

허공에서 이어지는 나직한 노인의 음성을 듣던 무린이 무언가 생각난 듯 물었다.

"이제 얼마나 남았지?"

"무엇을 말씀이십니까?"

"내가 물어볼 게 뭐 있겠어? 그거 말이야?"

"흘흘, 아직도 멀었습니다. 앞으로도 꼬박 삼 년 하고

두 달 스무하루가 남았습니다. 아직은 꽤나 여유 있는 시간입니다."

"휴우, 이제 정말 그것밖에 안 남았어?"

"흘흘흘흘, 그 시간들을 소중하게 여기십시오. 그때가 되면 모든 것이 달라지니 말입니다……."

노인의 음성에 혁무린은 땅이 꺼져라 한숨을 내쉬었다.

"아…… 갑자기 우울해진다."

그 순간 노인의 음성이 다시 한 번 무린에게 이어졌다.

"어차피 시간은 흐르게 되어 있는 것이 아니겠습니까? 그것이 천리이지요."

第三章

투합(投合)

누차 말했지만 본좌는 고금제일의 천재이니라.

　하나 그 계집이 본다는 것이 대체 무엇인지 가늠할 길이
없었다.

　또한 무선 역시 남들이 보지 못하는 세상을 보아 무극지
경을 넘어 선경에 이르렀다 하니 본좌는 그것을 참아 내기
힘들었다.

　하여 황산에 은거하여 오직 본다는 것 하나를 참오하기
를 십여 년, 마침내 그 누구도 보지 못한 것을 볼 수 있게
되었으니 그것이 바로 천광류(天光流)이니라.

　천광류라 함은 말 그대로 빛의 흐름을 뜻하는 것, 이를
보기 위해서 필요한 것이 바로 광안(光眼)이니라.

하나 이 광안을 얻기 위해선 최소 일백 년의 공력이 필요하며, 그것을 오직 두 눈에 집중하는 법을 알아야 하니 범인들은 감히 깨우치기 어려움을 깨닫고 통탄해 마지않을 수 없었다.

그리하여 다시 몇 년을 고뇌하며 창안한 것이 바로 능광선법(凌光仙法)이니라.

이것을 심법이라 하지 않고 선법이라 명한 것은 그 끝을 깨우치는 자 능히 선경에 들 수 있음을 확신하기 때문이니라.

물론 본좌 역시 능히 그 경지에 오를 수 있음에도 불구하고 차마 무지한 중생들로 가득한 중원을 저버릴 수 없음이니 연자는 절대로 본좌의 능력을 의심치 말지어다.

능광선법의 모든 시작은 오로지 광(光) 하나로 시작되는 것이니 연자는 수련함에 있어 오로지 광광(狂光) 하여야만 대성할 수 있을 것이니……. 일단 선법의 시작 전에 삼십 년 정도의 공력을 익혀야만 하니라.

본좌는 지고한 공력을 스스로 체득하여 익혔으나, 본좌가 창안한 심법은 본좌 정도의 천재가 아니면 도저히 익힐 수 없으니 가까운 명문 정파를 찾아가 일단 삼십 년 내공을 익히거라.

될 수 있으면 정종 무공을 택하는 것이 좋을 것이나, 사정이 여의치 않다면 적당한 사공을 택하여도 무방할 것이다.

이도 해내지 못한다면 더 이상 본좌의 기록을 보는 것은 무의미할 것이다.

하면 일단 내공을 익혔다 믿고 이제부터 본격적으로 능광선법의 오의를 전할 것이니, 연자는 이것을 깨우쳐…….

유가장이 황사의 가문이라 불리기 시작한 것은 명조가 들어선 후부터였다.

명 초 유원학이란 이름의 대학자가 있어 홍무제의 눈에 들었고 그가 황자들을 가르치기 시작한 것이 그 유래가 된 것이다.

그 후로도 유가장에서 대를 이어 가며 명 황실의 황사가 배출되었으니 유가장의 이름은 더없이 드높아질 수밖에 없었다.

하나 권력의 핵심과 지척에 있는 유가장이 언제고 성세를 유지할 수는 없는 법이었다.

현 유가장의 장주인 유한승의 부친 대에 이르러 황실이 크나큰 변란이 일어난 것이다.

숙부인 연왕이 어린 조카 황제에게 황위를 찬탈한 사건이 바로 그것이었는데, 그 연왕의 어린 시절 스승이 바로 유한승의 부친이었다.

유한승의 부친은 자신이 가르친 황자의 손에 하늘이 뒤

집히는 변란이 일었다며 스스로 목숨을 끊는 것으로 선황에게 충정을 다하였다.

또한 이후 후손들에게 조정에 출사하는 일이 없어야 할 것이라는 유언까지 남겼다.

그것이 벌써 반백 년도 훨씬 지난 세월의 일이었다. 그 일을 겪었던 유한승은 이제 호호백발의 노인이 되어 있는 것이다.

그는 부친의 유언에 따르며 관이나 황실과의 인연을 철저히 차단한 채 지내 왔다.

그러다 보니 탈이 나지 않을 수 없었다.

혈기방장한 자식이 스무 살의 나이로 유가장을 뛰쳐나가 버린 것이다.

배우고 익힌 지식으로 조금이나마 세상을 위해 보탬이 되겠다고 나선 자식, 그런 뒤 십 년 만에 딸랑 강보에 싸인 어린 손주 녀석을 안고 돌아왔다.

햇수로 꼭 십 년을 헤매다 돌아온 자식 놈, 그때라도 따스하게 받아 주었더라면 하는 후회가 아직도 유한승의 마음을 무겁게 만들었다.

그렇게 돌아온 아들놈이 손주 연후만을 남겨 둔 채 또다시 집을 나가 이제껏 소식 한 자락 없으니 그 시름은 깊어질 수밖에 없었다.

그렇게 키우게 된 손자가 연후였다.

늘 미안한 마음이 가슴을 짓눌렀으며 결코 못난 자식의 전철을 밟게 하고 싶지 않았다.

그런 이유 때문에 선친의 유지마저 저버리고 유가장의 문을 열 결심을 했다.

연후에게 또래의 벗을 만들어 주고 싶은 욕심, 한데 지금 대학당 안에 모인 청년들의 분위기는 너무나 서먹하기만 했다.

대화를 나누기는커녕 서로를 향해 시선조차 주지 않고 있으니 유한승의 표정이 좋을 리가 없었다.

"그래 다들 지내시기엔 불편함이 없으신가?"

유한승의 나직한 음성에 가장 먼저 답한 것은 단목강이란 청년이었다.

"스승님! 어찌 말씀을 편히 하지 않으십니까? 감히 감당키 어렵습니다."

단목강의 절도 있는 음성에 유한승의 얼굴엔 흡족한 미소가 머물렀다.

연후보다 두 해 어리다 하지만 그를 문하로 뽑길 더없이 잘했다는 생각이 드는 것이다.

실상 이 자리에 있는 청년들은 유한승이 고심에 고심을 더한 끝에 문하로 뽑은 이들이었다.

유가장이 다시 문을 연다는 소문이 북경을 중심으로 퍼지자 수많은 이들이 모여든 것은 당연한 일이었다.

오랜 세월 외부와의 연을 끊었다지만 아직도 황실에서 유가장이 갖는 이름은 대단한 것이기 때문이었다.

그 모든 것이 죽기 직전의 영락제가 남긴 유훈 때문이었다.

패황이라 불리던 그조차 지금의 자신을 있게 해 준 스승을 쉬 잊지 못하였으며, 죽는 순간까지 못내 미안함을 지우지 못했던 것이다.

하여 황사란 지위는 오직 유가장에게만 허락한다는 유지와 함께 태황장(笞皇杖)이란 것을 유가장에 내리고 세상을 떠났다.

태황장이란 말 그대로 황자들을 때릴 수 있는 회초리란 뜻, 그것으로 황손들을 엄히 가르쳐 주길 바란다는 영락제의 유지가 있었으니 반백 년 세월이 흘렀다 한들 누구도 감히 유가장을 경시할 수 없었다.

비록 유한승이 고사하고는 있지만 이따금씩 황손들이 유가장으로 보내어져 한동안 교육을 받고 떠나곤 하는 일들은 계속되고 있었다.

아무리 부친의 유지가 있었다지만 황명을 완강히 거역할 수 없는 처지인 것이다.

그렇게 이어지는 유가장의 내력이 있으니 어떤 조정 관료가 감히 유가장을 무시할 수 있겠는가?

게다가 원한다면 언제나 황사의 자리가 보장된 가문이

바로 유가장이니 조정의 실세들이 유가장을 주목하고 있는 것은 당연한 일이었다.

하여 문하를 개방한다는 소문이 돌자마자 조정 출사를 꿈꾸는 수많은 유생들과 출세를 소망하는 관료들이 유가장을 향해 구름처럼 몰려들었다.

사정이 그리 되자 정작 그 일을 벌인 유한승은 크게 당황할 수밖에 없었다.

부모의 얼굴조차 모른 채 자란 연후, 그래서인지 무공 따위를 배우겠다고 비뚤어지는 것 같아 벌인 일이었다. 그저 또래의 문우나 지기 몇을 만들어 다시금 학문을 벗 삼길 바라며 벌인 일이건만, 모여든 이들이 족히 수백에 이르렀으니 유한승으로선 참으로 난감하기만 했다.

자칫 선친의 유훈조차 어기게 될 처지였으니 한 가지 꾀를 내어 그들을 물러나게 해야만 했다.

문하로 들어오는 데 매우 엄격한 조건을 제시한 것이다.

그 첫 번째 단서는 나이의 제한이었다.

연후의 친우를 만들고자 시작한 일이니 당연한 것이었고 이에 해당되지 않는 많은 이들이 한탄하며 돌아서야만 했다.

하나 두 번째 단서를 듣게 되자 유가장 앞에 남은 이들은 불과 십여 명도 되지 않았다.

유가장의 문하는 결코 조정에 출사할 수 없다는 것을 천명하자 그 많던 이들이 죄다 떠나 버린 것이다.

그렇게 남은 십여 명의 동량들을 한 명 한 명 만나 문답을 나눈 뒤 최종적으로 낙점한 이들이 지금 대학당 안에 있는 세 청년이었다.

그중 단목강이란 청년은 그 배움이 유한승의 마음에 가장 흡족한 이였다.

나이답지 않은 학문은 차치하고서라도 예의범절이나 자연스레 배어 있는 기품은 명가의 후예에게서나 묻어 나올 법한 자연스러운 것이었다.

큰 상단을 운영한다는 세가의 장손인지라 조정과는 아예 관계가 없다 하니 그를 받아들이는 데 주저할 이유가 없었다.

그런 사정은 사다인이란 청년 역시 크게 다르지 않았다.

중원인이 아닌 이족 청년이니 당연히 관과는 인연이 없을 것이며, 다른 많은 이를 제쳐 두고서 그를 마음에 둔 이유 또한 충분했다.

중원의 학문을 배워 동족을 위해 펼치겠다는 확고한 의지가 있었다. 그 굳은 심지 안에 사내다움이 짙게 묻어 났으니 연후에게 더없이 좋은 벗이 될 수 있을 것이라 생각한 것이다.

그리고 마지막 청년 혁무린은 다른 두 청년보다 더욱더 기대하고 있는 이였다.

성격이 유해 보이나 내면 깊은 곳에 강인함을 지닌 청년이었다.

그 청년 또한 머나먼 신강 땅에서 예까지 왔다 하니 내치기가 쉽지 않았으며, 다른 무엇보다도 청년의 밝고 쾌활한 성품이 유한승의 마음을 움직였다.

이는 연후와는 꼭 반대되는 모습이었다.

겉으로는 언제나 강한 모습만 보이는 연후지만 그 속에 누구보다 부드럽고 따스함을 가진 이가 연후라는 것을 잘 알고 있었다.

자신에겐 늘 무뚝뚝하다지만 하인 동삼과도 흉허물 없을 정도로 지내는 연후, 이는 연후가 구태의연한 관습 같은 것에 얽매이기보다 사람의 정을 아는 아이라는 뜻이었다.

그런 연후에게 이 혁무린이란 청년이 제격이라 여긴 것이다.

혁무린이란 청년의 밝은 성격은 누구보다 빨리 연후의 마음을 열어 줄 것이라 생각한 것이다.

하나 모든 것이 자신의 바람처럼 되지는 않는 듯했다.

청년들이 유가장에 거한 지 열흘이 다 되어 가는데도 너무나 서먹서먹하기만 했다.

해서 앞으로는 이렇듯 오전과 오후 시간에는 모두를 한 자리로 불러 모아 가르칠 심산이었다.

"각자의 배움이 다르고 그 성취 또한 다를 터이나, 오늘부터는 함께 배워 보도록 하시게. 부디 배움을 나누는 데 격이 없기를 바라네."

유한승의 나직한 말에 청년들이 고개를 조심스럽게 끄덕였다.

그때 갑작스레 혁무린이 입을 열었다.

"저……. 할아버지?"

혁무린의 말에 일순간 연후나 단목강, 사다인의 얼굴이 뜨악하게 변해 버렸다.

어찌 대륙 제일의 학자이며 황사의 자리까지 역임했던 유한승에게 할아버지란 말을 할 수 있나 하는 표정들이었다.

하지만 혁무린은 전혀 개의치 않는다는 듯 입을 열었다.

"자고로 사내들끼리 마음을 열고자 하는데 어찌 인사 몇 마디 나눈 걸로 되겠습니까? 괜찮으시다면 의기투합하는 차원으로 함께 북경에 한번 다녀왔으면 합니다. 죽엽청이라도 한 사발 들이켜야 좀 친해지지 않겠습니까?"

혁무린의 예상치 못한 말에 다른 이들의 얼굴이 사색이 되었다.

특히나 조부의 성격을 잘 아는 연후는 당장이라도 불호령이 떨어질 것이라 생각할 수밖에 없었다.

한데 들려온 유한승의 음성은 너무나 의외였다.

"허허허허허! 혁 공자의 말이 옳구나. 옳아. 사내들끼리 마음을 여는데 풍류가 더해진다면 그 또한 금상첨화라 할 수 있으니. 어떠냐? 연후야? 답답하던 차에 한번 다녀오너라. 내 동삼에게 마차를 준비하라 이르겠느니라."

이제껏 본 적 없던 유한승의 자애로운 미소와 음성에 연후는 꽤나 놀란 눈이 될 수밖에 없었다.

그러거나 말거나 가장 신난 것은 혁무린이었다.

"오오! 감사합니다. 역시 첨 뵐 때부터 뭔가 통한다 생각했습니다. 저, 그런데 할아버지라 불러도 되나요? 왠지 남처럼 여겨지지가 않습니다."

능글능글한 웃음을 지으며 몸을 꼬는 혁무린, 유한승의 얼굴에 미소가 더욱 커졌다.

"껄껄껄껄! 좋도록 하게나. 아니지. 아니야. 앞으로 무린이라 부를 터이니 지금처럼 편하게 대하려무나."

손자 연후나 심지어 아들에게서도 받아 보지 못한 응석을 받게 된 유한승은 무척이나 기꺼운 표정이었다.

"그럼! 말 나온 김에 뭐 시간 끌 거 있겠습니까? 당장 출발하겠습니다."

"그러도록 하거라. 허허허!"

유한승의 웃음소리가 그렇게 대학당을 울리는 때 혁무린이 벌떡 일어서 청년들을 바라보았다.

"뭐 해? 가자고!"

*　　　*　　　*

마차를 타고 북경으로 가는 동안 신이 난 것은 혁무린뿐인 듯했다.

"이봐들! 왜 그렇게 죽을상이야?"

마찬 안을 울리는 혁무린의 음성에 먼저 반응한 것은 사다인이었다.

"시끄럽다."

사다인의 불만 가득한 음성에 혁무린이 씨익 하고 웃었다.

"나라도 떠들어야지, 심심한 것보단 훨씬 낫잖아. 그리고 이왕 놀기로 하고 나온 거 맘 편히 놀다 가자."

인상을 쓰고 있는 사다인이 무색할 만큼 혁무린의 음성은 밝았다.

그런 혁무린을 향해 사다인이 나직한 음성으로 윽박질렀다.

"오늘은 스승님의 명이 있어 참는다만 다음부터 이런 일에 날 끌어들이지 말아라. 네놈처럼 쓸데없는 놀이에 허비할 시간 없다."

분위기는 더욱 싸늘해졌고 그 순간 단목강이 나섰다.

"사다인 공자. 말씀이 과하시오."

일순간 사다인 눈빛이 꿈틀했다.

"어린놈! 또 시비냐?"

사다인의 눈빛이 번뜩이자 단목강이 지지 않고 대꾸했다.

"옳고 그름을 이야기하는 것이오. 호의를 호의로 받아들이지 못하는 것을 질책했을 뿐이오."

"중원 녀석들은 자기 기준에 맞춰 호의와 악의를 판단하나 보지? 난 중원의 학문을 배우러 왔으며 네놈들과 어울려 놀고 싶은 생각은 추호도 없다."

사다인의 연이어진 싸늘한 음성에 단목강이 뭐라 반발하려는데 다시 혁무린이 나섰다.

"자자! 왜들 그러냐! 그러다 또 싸울라."

말은 만류하는 것이 분명했지만 그 눈은 다시 한 번 붙어 봐라 하며 종용하는 것만 같았다.

상황이 그리 되자 가뜩이나 기분이 좋지 않던 연후마저 나직한 혼잣말을 내뱉었다.

"대체 뭘 하겠다고 이 시각에 북경엘 가는 것인지……."

무척이나 마땅치 않다는 음성, 그런 것은 사다인이나

단목강 역시 마찬가지인 듯 보였다.

오직 혁무린의 얼굴에만 짙은 웃음이 피어날 뿐이었다.

"뭘 하긴! 북경에 왔으니 만도각에서 패 한 번 쪼고, 자명루에 가서 술 한 잔 땡겨야지. 이럴 때 아우 덕을 봐야지 언제 또 보겠냐? 안 그래? 단목 아우."

나직하게 단목강을 부르는 혁무린의 음성은 혀에 기름이라도 바른 듯 느물거렸다.

단목강이 흠칫하며 그런 무린을 쳐다보았다.

"거긴……."

"어허! 자명루가 북경제일루고 만도각이 천하제일 도박장임을 알게 되었는데 어찌 그곳에 가 보지 않겠느냐?"

"그런데…… 왜 절 걸고넘어지시는지……."

"참내, 너 치사하게 이럴래? 자명루와 만도각이 천하상단에서 운영하는 것이며 그 천하상단이 단목세가 것이라는 건 세상이 다 아는 이야기 아니냐? 단목세가 대공자와 동행이라면 당연히 공짜겠지?"

혁무린의 얼굴에 걸린 더없이 커다란 웃음, 단목강은 등줄기로 식은땀이 흐르는 기분이었다.

최소한 수삼 년은 함께 지내야 하기에 그저 말을 놓으라 했을 뿐인데 다시 한 번 왠지 무언가를 크게 잘못 생각했다는 생각이 머릿속을 스쳐 갈 수밖에 없었다.

단목강의 얼굴이 일그러지자 무린이 다시 한 번 씽긋

웃었다.

"왜? 설마 너 내놓은 자식 취급 받고 그러는 거냐?"

"그런 것이 아니라. 천하상단은 세가와 별개로 운용되는 곳입니다. 제가 이곳에 와 있는 줄도 모를 것입니다."

"잘됐네. 모르면 알려야지."

"그런 것이 아닙니다. 부친과 약조한 것도 있고 또 이렇게 찾아가면 폐가 될 것이 뻔합니다. 하니 그냥 조용히……."

"쳇! 그렇게 싫으냐. 됐다. 관둬라. 하여간 있는 놈들이 더한다니까."

"그런 것이 아니오라……."

"그럼 대신 은자 한 냥만 투자해라. 그걸로 만도각에서 한 밑천 잡아 제대로 놀게 해 주마."

"무린 형님!"

말이 통하지 않자 단목강의 음성이 커졌다.

그러자 무린이 삐친 듯 휙 하고 고개를 돌리며 입을 열었다.

"됐다. 됐어! 치사해서 안 간다."

단목강은 참으로 황당한 얼굴이었다.

졸지에 소인배가 되어 버린 느낌, 하나 어쩔 수가 없었다. 자명루나 만도각에서 자신의 정체가 밝혀진다면 한바탕 난리가 날 것이 뻔했기 때문이었다.

누가 뭐라 해도 단목세가의 소가주가 지닌 신분은 천하상단 전체가 들썩일 정도로 엄청난 위치였다.

또한 천하상단은 대륙의 상권을 절반이나 틀어쥔 그야말로 어떤 곳과도 비교할 수 없는 어마어마한 거대 상단이었다.

그런 천하상단을 소유한 단목세가의 대공자가 바로 단목강인 것이다.

하니 천하상단 소유의 기루와 도박장에서 단목강을 반기는 것은 당연한 일이라 여길 것이다.

하나 속사정이 꼭 그렇지만도 않았다.

정작 문제는 이 천하상단이 꽤나 복잡한 구조로 운용되고 있다는 것이다.

단목세가의 가법은 매우 엄격해서 상단과 무가를 철저히 분리해서 운용하고 있었으며 상단의 운용은 전적으로 열 명의 가신들이 맡고 있었다.

천하 십숙이라 불리는 그들이 독자적으로 한 지역의 상단을 운용하는 것이다.

그 열 명의 가신들은 또한 사사로이 단목강이 숙부라 불러야 할 정도의 위치를 지닌 이들이었다.

또한 이곳 북경을 담당하는 이숙은 그들 열 명의 숙부 중 특히나 단목강이 어려워하는 인물이었다.

그런 이숙이 운영하는 곳에 예고도 없이 찾아갈 수는

없는 일이었다.

이런 사정을 다 일일이 설명하기도 우스운지라 단목강은 그저 입을 다물고 있을 수밖에 없었다.

한데 그때 뜻하지 않게 연후가 나섰다.

"은자 한 냥이면 되는 것이오?"

"엥?"

전혀 뜻하지 않은 연후의 반응에 무린이 말꼬리를 높였다.

"은자 한 냥 정도는 드릴 수 있소. 대신 나도 그곳을 좀 구경하고 싶은데……."

연후의 음성에 다른 청년들 모두가 놀란 듯 보였다.

천상 유생으로 보이는 연후가 도박에 관심을 보이자 꽤나 의외라는 표정이었다.

더불어 가장 신난 것은 혁무린이었다.

"좋아! 가자구. 만도각이다. 동삼 형님! 만도각입니다. 어여 말을 몰아 주세요."

혁무린이 마차 밖으로 고갤 삐죽 내밀고 소리치자 동삼이 땀을 삐질 흘리며 말을 받았다.

"아이고! 혁 공자님! 그리 부리시면 소인 어찌하라고……."

"에이! 나이 많으면 형 동생 하고 그러는 거죠. 뭘. 우리 동네에선 다들 그렇게 지낸다구요."

혁무린의 아무렇지도 않은 대꾸에 말고삐를 틀어쥔 하인 동삼이 더욱 몸 둘 바를 모르겠다는 표정이었다.

또다시 가장 당황한 것은 단목강이었다.

무린을 형님으로 부르기로 했는데 그가 하인을 형님으로 부르니 졸지에 유가장의 종복에게까지 아랫사람이 되어 버릴 처지가 된 것이다.

엄격한 가법을 배워 온 단목강으로선 그야말로 뜨악한 상황이었다.

하나 그 순간 연후는 묘한 웃음을 지으며 혁무린을 바라보았다.

조금은 마음에 든다는 듯한 표정, 연후 역시 하인 동삼을 남으로 여기지 않았다.

어린 시절부터 거의 유일한 벗이라 할 수 있는 인물이 바로 동삼이었는데 그런 동삼을 격의 없이 대하며 존중해 주니 흡족한 마음이 들 수밖에 없었다.

무린이 연후를 보며 씨익 웃어 보였다.

"그나저나 너 도박은 해 봤냐?"

무린의 물음에 연후의 얼굴에도 묘한 미소가 흘렀다.

"그냥 책자 몇 권을 읽은 기억이 있는데 과연 책자의 내용처럼만 하면 딸 수 있는지 궁금해서 그런 것이오."

"오옷! 순수한 학자로서의 호기심. 역시 샌님이네."

무린의 악의 없는 농담에도 불구하고 연후는 별다른 대

꾸를 하지 않았다.

특별한 일이 아니고선 북경까지 나올 일이 거의 없었던 연후였다. 하물며 조부가 허락한 시간이니 차라리 마음을 편히 갖자 마음먹은 것이다.

그렇게 청년들을 태운 마차가 북경으로 접어들었다.

*　　　*　　　*

자금성 남문에서 대로를 따라 한참 가다 보면 높고 기다란 담장으로 둘러싸인 웅장한 삼층 전각을 한 채 볼 수 있다.

화려한 유등이 담벼락 위와 정문까지 가득 내걸린 곳, 그곳이 바로 중원에서 가장 크다는 도박장 만도각이었다.

그 만도각의 정문 앞에 연후 일행을 태운 마차가 멈춰 섰다.

담벼락의 웅장한 크기와는 달리 정문 쪽은 한산하기만 했다.

아직 이른 시간이라 그런 것인지 입구를 지키는 날카로운 인상의 장정 두 명만이 서 있을 뿐이었다.

연후 일행은 잠시간 그들 앞에서 실랑이를 벌여야만 했다.

"애들이 드나들 곳이 아니다. 어여 가라!"

우락부락한 장정이 싸늘한 음성을 내뱉었다.

그도 그럴 것이 지금 연후를 비롯한 청년들의 모습은 도저히 만도각과 어울리지 않는 모습이었다.

유생 차림의 연후는 그렇다 치더라도 단목강의 나이는 고작 열다섯이었고 딱 그 나이만큼 어려 보였다.

거기에 유일한 어른처럼 보이는 사다인은 그 피부색으로 보아 남만 쪽의 이족임이 틀림없어 보였으며, 그 가운데 끼어 내내 실실 웃고 있는 혁무린 또한 호위들의 눈살을 일그러뜨리게 하는 것이다.

하나 혁무린의 음성은 너무나 능글맞았다.

"그러다, 큰일 나실 텐데……. 이 친구가 누군 줄 알고!"

혁무린이 슬쩍 웃으며 단목강을 쳐다보자 단목강이 화들짝 놀라 입을 열었다.

"형님!"

마차에서 내리기 전 절대 정체를 밝히지 않기로 신신당부하며 약조까지 받았던 단목강이었다. 한데 채 반 각도 지나지 않아 혁무린이 이렇게 나오니 더없이 난감하기만 했다.

상황이 그렇게 되자 청년들은 만도각 앞에서 잠시 쭈뼛거리고 있을 수밖에 없었다.

그런 청년들의 태도가 한심해 보였는지 입구를 지키는

장정들이 다시 한 번 싸늘한 축객령을 내렸다.

"어허! 썩 꺼지거라. 여긴 네놈들 같은 애들이 오는 곳이 아니다."

그렇게 전혀 예상치 못한 일로 입구조차 통과하지 못하게 된 청년들, 한데 그때 마차에서부터 내내 불만 가득하던 사다인이 나섰다.

"네놈들 눈엔 내가 애로 보이나 보지?"

이죽거리며 장정들 앞으로 나선 사다인, 그러자 장정 하나가 코웃음을 치며 허리춤을 슬쩍 들어 보였다.

그 안쪽에서 박도 한 자루의 모습을 슬쩍 내보이며 싸늘한 음성을 내뱉었다.

"사고 내고 싶지 않다. 얼른 꺼져라."

장정의 음성에 비웃음마저 가득하자 사다인이 꿈틀하며 한 발 더 장정 앞으로 다가섰다.

"뽑아 봐."

목울대를 울리며 나직하게 흘러나온 사다인의 음성, 또한 그 눈이 정확히 장정의 눈을 쏘아보고 있었다.

일순간 입구를 막고 섰던 두 사내는 등줄기로 서늘한 한기가 스쳐 지나가는 것을 느껴야만 했다.

마치 눈앞에 한 마리 맹수를 보는 듯한 기이한 기분.

두 사내는 긴장한 눈길로 사다인을 쳐다보며 박도를 힘껏 움켜쥐었다.

이제껏 잠자코 있던 또 다른 사내가 인상을 쓰며 나섰다.

"경을 치기 전에 물러나라."

만도각이 고관대작들이 즐비한 북경 내에 이렇게 떡하니 자리를 잡을 수 있는 것이 다 나름대로 엄격하게 손님들을 통제해 오기 때문이었다.

어린 소년을 포함한 유생 무리에다 이족 따위가 끼어 있는 일행을 쉽사리 들여놓아선 안 되는 것이 당연하며 그런 일들을 위해 호위들이 정문을 지키고 있는 것이다.

하나 호위의 음성에 사다인의 눈빛이 더없이 차가워졌다.

"어린애한테 맞아 병신이 되는 놈들은 뭐라고 불러야 하는지 궁금하군."

사다인이 이죽거리며 두 눈을 치켜뜨자 두 호위가 모두 흠칫하며 일시에 박도를 뽑아 들었다.

차창!

'고수다.'

둘의 눈빛이 그렇게 말하고 있었다.

눈앞의 이족 사내가 고수라는 것이 틀림없다는 느낌, 만도각 정문 호위를 맡을 정도라면 그 정도 눈치와 실력은 있는 인물인 것이다.

그렇게 호위들과 사다인의 격전이 벌어질 것 같은 순

간, 멀리 뒤편 어딘가에서 두 호위를 향해 날카로운 파공음이 들려왔다.

슈아앙!

호위 중 하나가 깜짝 놀라 눈을 치켜뜨며 날아드는 물건을 잡아챘다.

탁!

그렇게 호위의 손에 잡힌 물건은 한 개의 옥패였다.

푸르른 옥 안으로 반월이 음각된 고급스러운 옥패, 그것을 확인한 두 호위는 석상처럼 굳어질 수밖에 없었다.

"반월패!"

천하상단의 소유주인 단목세가 소속 무인들만이 가질 수 있는 신표가 바로 반월패였다.

특히 청옥으로 만들어진 반월패라면 본가 직속 호위단이라는 뜻이었다.

두 사내가 당황한 표정으로 후방을 살폈으나 사람의 기척을 발견할 수 없었다.

때마침 두 사람을 향해 나직한 음성이 이어졌다.

"음자대가 모시는 분이 계시다. 조용히 안으로 들여보내라."

그 음성과 동시에 담벼락 위에 전신을 흑의로 둘러싼 사내가 나타나 무심한 눈길로 두 호위를 바라보았다.

그러자 두 장정은 다시 한 번 소스라칠 수밖에 없었다.

음자대라 함은 단목세가 직계들과 천하 십숙을 호위하는 세가 최고의 무인들을 뜻하는 말, 이는 이 청년들 중 누군가가 세가 직계의 인물이나 그에 준하는 인물이란 뜻이었다.

아직까지 정문을 막아서고 있던 두 사내가 재빠르게 허리를 접으며 비켜섰다.

"몰라뵀었습니다. 편히 놀다 가십시오."

당혹함이 역력한 표정으로 길을 여는 두 사내의 태도에 청년들의 표정이 각양각색으로 변해 버렸다.

그중 사다인은 가장 마음에 안 든다는 표정이었다.

단목강에게 한 주먹 날린 후부터 요 며칠 뒤통수가 근질거린다는 느낌을 받았는데, 그 이유를 이제야 깨닫게 된 것이다.

사다인이 멀찌감치 담벼락 위에 선 흑의인을 차가운 눈길로 응시했다.

'중원의 무학. 역시 쉽게 볼 수 없다는 것인가.'

눈앞의 건달패 같은 장정들만 해도 결코 만만해 보이지가 않아 내심 긴장하고 있던 차였다.

부족으로 전승해 내려오는 투술을 펼칠 준비를 하자, 표정이 달라진 사내들 역시 쉽게 승부를 장담할 수 없었다.

하나 그런 사내들과 저 멀리 담장 위의 사내는 아예 차원이 다른 느낌이었다.

지척에 두고 그 낌새조차 느낄 수 없었던 흑의인의 존재를 생각하니 사다인의 마음은 더없이 무거워졌다.

남만에선 적수를 찾을 수 없었다. 아니 중원에 들어서기 전까지만 해도 어느 정도 자신감이 있었다.

아무리 중원에 자신 정도 실력을 지닌 무인들이 헤아릴 수 없을 정도로 많다는 이야길 들었어도 어느 정도 과장이려니 했다.

한데 그것이 결코 과장이 아니라 오히려 모자란 느낌이었다.

고작 열다섯 꼬맹이를 이기기 위해 빈틈을 노린 기습을 해야 하는 것이나 평범한 문지기들 둘을 상대로 투기를 최고조로 끌어올려야 하는 일, 게다가 바로 지척에 숨은 상대의 존재를 전혀 모른 채 지낸 일들 따위가 떠오르자 사다인의 눈빛은 깊게 가라앉을 수밖에 없었다.

그렇게 사다인이 굳어져 있는 그 찰나 단목강의 얼굴이 원망 가득한 얼굴로 흑의인을 향했다.

"대주! 갑자기 이러면!"

"괜한 소란이 이는 것보단 나을 것입니다. 이숙께는 제가 직접 말씀드리겠습니다."

그 말을 끝으로 흑의인은 거짓말처럼 모습을 감췄다. 단목강은 한숨을 내쉴 수밖에 없었다.

"휴우~."

때마침 혁무린이 나섰다.

"이야! 역시 단목세가의 소가주라 다르긴 다른가 보다."

무린의 음성이 그렇게 이어지자 길을 내준 정문에서 비켜서 있던 두 명의 호위는 그대로 몸을 떨 수밖에 없었다.

설마설마 했지만 단목세가의 소가주라니.

무린의 한마디로 인해 그야말로 완벽하게 정체를 까발리게 되자, 단목강의 목소리가 커질 수밖에 없었다.

"형님!"

하나 혁무린은 전혀 신경 쓰지 않는 표정이었다.

"그나저나 저 옥패 같은 거 남는 거 있음 나도 하나 주면 안 되냐! 저거 왠지 있어 보인다."

어처구니없는 혁무린의 말에 단목강은 더 이상 응대조차 할 기운이 나지 않았다.

정말 대책이 안 서는 인간이란 생각, 하나 이미 엎질러진 물이었다.

"휴, 어쩔 수 없군요. 대신 더 이상 소란은 안 됩니다. 제발 조용히 좀 있다 갔으면 싶습니다."

*   *   *

색색의 영산홍이 만발해 있는 널따란 정원을 지나 삼층

전각 안쪽에 들어선 청년들은 순간적으로 멈칫할 수밖에 없었다.

청년들의 눈에 처음 들어온 것은 팔각형의 전각을 받치고 있는 여덟 개의 웅장한 기둥이었다.

승천하는 용이 살아 움직이는 듯 양각되어 있는 여덟 개의 기둥은 차라리 장엄하다는 느낌이 들 정도로 압도적인 느낌이었다.

거기다 조용하던 바깥쪽의 분위기완 달리 수많은 사람들이 만들어 내는 시끌벅적한 소리가 한꺼번에 밀려들었다.

여기저기 자리한 다양한 도박판 주위로 빼곡히 들어선 사람들과 그들이 뿜어내는 강렬한 열기!

청년들은 마치 전혀 다른 세상 속에 발을 담근 것 같은 기분을 느껴야만 했다.

"이야! 후끈후끈하구만!"

혁무린의 탄성에 뒤따르는 청년들이 그제야 어느 정도 냉정한 눈길로 주변을 둘러볼 수 있었다.

다만 어쩌자고 여기까지 오게 되었는지 모르겠다는 표정이 역력한 단목강을 제외하곤 모두 호기심이 동한 얼굴이었다.

특히나 잔뜩 굳어 있던 사다인마저도 만도각에 들어서며 느껴지는 기이한 열기에 조금은 흥미가 발동한 표정이었다.

다만 당장 무엇을 먼저 해야 할지 모르겠다는 표정, 혁무린이 그런 청년들을 향해 입을 열었다.

"이야, 중원의 도박장은 굉장하구나. 우리 동네에선 이런 건 상상도 못할 일이야."

단목강이 그런 혁무린을 어이없다는 눈으로 쳐다보았다.

그가 왔다는 곳은 신강 땅이었다. 천산 너머에 있는 그야말로 오지라 할 수 있는 곳에 이런 도박장이 있을 리가 없지 않은가 하는 표정이었다.

그때 연후는 벌써 꽤나 흥미로운 표정으로 여기저기를 살피고 있었다.

일전에 본 도박에 관한 책자를 떠올리며 눈을 빛내고 있는 것이다.

그러더니 갑작스레 품에서 주머니를 꺼내 청년들에게 은자를 내밀었다.

은자 한 냥이면 쌀이 반 가마였다. 평범한 가족이 족히 한 달을 살아갈 수 있는 큰돈이었다.

그걸 꺼내 들자 사다인과 단목강이 뭐 하는 짓인가 하는 표정을 지었다.

"조부님께서 공자들과 함께 사용하라 주신 것입니다. 개의치 말고 사용하십시오."

이어진 연후의 말에 사다인과 단목강은 꽤나 놀란 얼굴이었다.

은자 네 냥이면 하룻밤 어울리는 데 쓰기엔 과한 돈이 분명했다. 그런 큰돈을 준 스승이나 그걸 또 아무렇지도 않게 나누어 주는 연후 역시 결코 평범해 보이진 않았다.

"하여간 맘에 든다니까!"

혁무린은 가로채듯 넙죽 은자를 챙긴 뒤 의기양양한 표정이었다.

그러자 연후가 멋쩍은 듯 입을 열었다.

"이게 다요. 잃으면 그냥 돌아가야 하니 조금 노력들 해 보시오."

쭈뼛거리는 단목강과 사다인의 손에 은자를 건넨 연후, 하지만 단목강은 손을 내저었다.

"전 괜찮습니다. 이런 건은 처음이라……."

그 순간 혁무린이 슬쩍 끼어들었다.

"참나! 누군 하고 누군 안 하면 되겠냐? 그냥 즐겨라. 이렇게 하면 어떠냐? 우리끼리 내기하자. 누가 제일 많이 따는가 하는 것으로?"

혁무린의 뜬금없는 제안에 단목강의 얼굴이 더욱 굳어졌다.

사실 혁무린만 아니라면 여기 이러고 있을 이유가 없었다. 만도각 안에 머무는 것마저 불편한 처지인데 한가롭게 도박으로 내기나 하고 있을 처지가 아닌 것이다.

사다인 역시 은자를 손에 쥔 채 영 마땅치 않다는 것이 역력한 표정을 짓고 있었다.

흥청망청거리는 중원인들을 보자 뭔가 잔뜩 배알이 뒤틀린 얼굴이 되어 버린 것이다.

"왜 자신 없냐? 사다인?"

때마침 이어진 무린의 도발에 사다인이 꿈틀했다.

"흥! 중원의 도박 따윈 아무것도 아니다."

"오! 그래, 일단 동참한단 말이구나. 강이 넌 자신 없냐? 역시 아직 어려서 이런 데 끼긴 무리인가?"

은근슬쩍 내려 보는 무린의 눈빛에 단목강 역시 날카롭게 반응했다.

"하겠습니다. 해 보죠."

말끝마다 어리다고 무시하는 혁무린의 태도에 발끈한 단목강, 혁무린이 히죽 하고 웃었다.

그렇게 단지 말 몇 마디로 단목강과 사다인을 내기에 끼어들게 만든 무린은 사람의 신경 긁는 것에는 분명 일가견이 있는 듯했다.

"연후, 너 역시 찬성이지?"

"도박으로 또다시 내기라. 하면 승자와 패자 사이엔 무슨 조건을 거는 것이오?"

연후의 반문에 혁무린의 얼굴에 더욱 미소가 커졌다.

생각 외로 적극적인 연후의 태도가 무린을 더욱 즐겁게 만들었다.

"가장 많이 따는 사람의 한 가지 부탁을 들어주는 걸로 하자. 어때?"

무린의 말에 사다인과 단목강의 얼굴이 잠시 굳어졌다.

특히나 단목강은 왠지 괜한 일에 말려드는 것이 아닌가 하는 생각을 할 수밖에 없었다.

한데 연후가 한술 더 떴다.

"그래선 재미가 없으니 그 제안을 좀 더 키워 봅시다. 일등은 이등 이하 모두에게 이등은 삼등과 사등에게, 또 삼등은 마지막 등위에게 순차적으로 한 가지 청을 할 수 있는 것으로. 어떻소? 그리해야 마지막까지 최선을 다할 것이니 더욱 흥미롭지 않겠소?"

연후의 말에 사다인과 단목강의 눈이 커다랗게 치켜떠 졌다.

그 말대로 하면 꼴찌를 하게 되면 모두의 청을 한 가지 씩 들어줘야 하는 것이니 판이 훨씬 커져 버린 것이다.

"하하하하! 이야! 한술 더 뜨네. 나는 대찬성! 한데 얘들이 하려고 할까?"

무린이 사다인과 단목강을 쳐다보며 자신 없으면 빠지라는 표정을 짓자 사다인이 먼저 발끈했다.

"흥! 후회하게 될 것이다. 내가 이긴다면 네놈은 앞으로 영원히 그 주둥이를 닫고 살아야 할 터이니."

사다인이 은자를 움켜쥐고 앞으로 쩌벅쩌벅 걸어 나갔
다.

"저도 좋습니다. 다만 그 부탁이란 것을 될 수 있는 한
상식적인 수준에서……."

단목강이 그렇게 입을 열자 혁무린이 한마디를 더했다.

"그렇게 조잘조잘 이유를 달 거라면 넌 빠져라. 사내가
자꾸 쪼잔하게 그러는 거 아니다."

"아. 아닙니다. 하겠습니다. 하죠."

단목강이 그렇게 대답하자 혁무린의 얼굴에 웃음이 만
개했다.

뭔가 전부 마음먹은 대로 되었다는 표정, 그때를 기다
렸다는 듯 연후가 입을 열며 걸어 나갔다.

"그럼 시작하는 걸로 알겠소."

왠지 연후 또한 그 차림과는 달리 꽤나 자신만만한 표
정이었다.

연후가 망설임 없이 걸어 나가 가장 사람이 많이 몰려
있는 주사위 판으로 향하자 무린이 고개를 갸웃거렸다.

"뭐야! 진짜 한 수 있는 건가?"

무린의 눈엔 호기심이 짙게 배어 있었다.

무척이나 흥미롭다는 표정, 그때 단목강이 슬쩍 입을
열었다.

"할 줄 아는 거라곤 골패뿐인데…… 누가 끼워 주기나 하려는지 모르겠습니다."

"걱정 마라. 돈 따먹는 데 어리고 말고를 따질 위인들은 없을 테니까."

확실히 단목강은 어려 보이지만 입고 있는 복색이 워낙 상품인지라 귀한 집 자제로 보이기에 충분했다.

그렇다는 것은 판에 끼지 못할 이유가 없다는 것이었다.

그사이 벌써 연후는 주사위 판 한쪽 구석에 자리를 잡고 앉았으며, 사다인은 커다란 회전판이 뱅글뱅글 돌고 있는 곳 쪽에 자리를 잡은 모습이었다.

단목강이 무린을 쳐다보며 입을 열었다.

"형님은 어떤 걸?"

무린이 다시 한 번 씨익 웃었다.

"인생 뭐 있냐? 한 방으로 승부 봐야지."

뭔가 강렬히 불타는 듯한 눈빛으로 혁무린은 사람들이 가장 많이 모여 있는 만도각의 중심을 향해 걸어 나갔다.

*　　　*　　　*

청년들이 만도각 안에 들어선 지 두 시진쯤 흘렀고, 가장 먼저 자리를 털고 일어선 것은 단목강이었다.

주머니 사정도 여의치 않은데다가 어깨너머로 배운 골패 실력만 가지고 닳고 닳은 노름꾼들을 이기긴 힘들었던 것이다.

골패는 도수 한 명이 패를 나누어 주며 손님들끼리 패의 높낮이에 따라 돈을 거는 도박이다.

한데 고작 은자 한 냥 가지고 끼어들어 두 시진을 버틴 것만 해도 꽤나 용하다 할 수 있는 것이었다.

어쨌든 주머니가 털렸으니 일어설 수밖에 없는 단목강이었다.

그러는 동안에도 여기저기서 은밀히 자신을 주목하는 시선들을 느낄 수밖에 없었다.

'이숙께서 아신 것이구나.'

북경을 비롯한 하북 상단 전체를 담당하는 이가 바로 이숙이었다.

그에게 자신이 이곳에 있다는 소식이 전해졌다는 것을 느낄 수 있었다. 그러자 마음 한편으로 걱정이 앞설 수밖에 없었다.

부친에게 이 사실이 알려진다면 자칫 실망이라도 할까 하는 염려가 되는 것이다.

'휴, 일단은 비밀로 해 달라고 부탁할 수밖에……. 그나저나 대체 내가 여기서 뭘 하고 있는 건지.'

나직한 한숨을 내쉰 단목강의 눈빛은 나이답지 않게 무

척이나 깊게 가라앉아 있었다.

어린 시절부터 오직 무공만을 좋아한 터라 부친에 의해 반강제적으로 오게 된 것이 유가장이었다.

장차 단목세가를 이끌어 가자면 무재뿐 아니라 꼭 필요한 것이 있는데 그것이 바로 세상을 경영할 수 있는 제왕학이었다.

황사의 가문인 유가장보다 제왕학을 배우기에 적합한 곳이 없다는 것이 부친의 뜻. 적어도 수삼 년은 부친과의 약조에 따라 학문을 익혀야만 하는 처지인 것이다.

한데 제왕학은 고사하고 듣도 보지도 못한 이족의 무공에 망신을 당하지 않나, 골치 아픈 이를 형님으로 모셔야 하지 않나, 거기다 이렇게 도박판 같은 곳을 기웃거리게 되었으니 스스로가 참으로 한심하다 여길 수밖에 없었다.

더구나 내기에 패하였으니 자칫 말도 안 되는 부탁을 들어줘야 하는 것은 아닐까 하는 걱정마저 앞섰다.

단목강이 그런 생각들로 고민 가득한 얼굴인 채 다른 청년들을 찾기 위해 시선을 돌렸다.

제일 먼저 눈에 띈 것은 사다인이었다.

시꺼먼 외양뿐 아니라 덩치도 어지간한 장정들보다 머리 반만큼은 큰지라 쉽게 그 모습을 찾을 수가 있었다.

단목강이 천천히 사다인을 향해 다가가다 꽤나 놀란 얼굴을 할 수밖에 없었다.

한쪽에 수북하게 쌓여 있는 철전들뿐 아니라 그 사이사이 놓인 은자들만 해도 열댓 개는 넘어 보였다.

또한 그 주위로 꽤나 많은 이들이 모여 있는 것으로 보아 사다인이 그 판을 주도하고 있는 듯한 분위기였다.

'후아! 자신만만한 이유가 있었구나.'

사다인이 끼어 있는 도박판이 정확히 어떤 방법으로 돈을 거는 것인지는 알 수 없었다.

다만 숫자가 잔뜩 쓰여 있는 판자가 빠르게 회전하는 것이나, 그 위쪽에 고정된 화살촉을 보며 대충 그 방법을 짐작할 뿐이었다.

회전판이 화살촉에 걸려 멈추면 그 위에 써진 숫자에 돈을 건 이들이 배당금을 받는 형태의 도박판임을 짐작하는 것은 어려운 일이 아니었다.

그 사이에서 승승장구하는 사다인을 보며 단목강은 나직한 한숨을 내쉴 수밖에 없었다.

'휴, 사다인 공자는 다방면에 재주가 보통이 아니로구나. 이족이라 경시했던 것이 참으로 부끄럽구나.'

단목강은 스스로 우쭐했던 마음을 크게 자책하며 다른 청년들을 찾기 시작했다.

그러면서도 마음 한편으론 다른 두 청년이 자신과 같은 처지가 되어 있어 주길 은근히 바랐다.

모두가 똑같이 은자를 전부 잃었다면 어차피 동등한 위

치가 되는 것이니 괜한 부탁을 들어주지 않아도 된다는 생각이었다.

특히 연후란 청년은 유가장 밖으로 거의 나가 보지도 않았다 하니 필시 자기와 같은 처지가 되어 있을 것이라 생각했다.

하나 연후의 모습은 단목강의 기대와는 또 딴판이었다.

주사위 놀음이 한창인 곳에 앉아 있는 연후, 수북이 쌓여 있는 은자는 오히려 사다인을 압도할 지경이었다.

그 모습에 단목강은 입이 쩍 벌어질 지경이었다.

단목강은 조심스레 연후의 뒤편으로 다가가 그가 돈을 걸고 있는 주사위 판을 바라보기 시작했다.

그동안에도 연후는 별다른 표정 없이 아주 조금씩 돈을 걸고 있었다.

상점(上点)과 하점(下点)이라 쓰여 있는 탁자 중 상점이라 적힌 곳 위쪽에 철전 두 문을 올려놓는 것이 고작이었다.

하나 그 판에 어울려 있는 사람들 대부분은 연후와는 달리 칸칸이 숫자가 쓰여 있는 곳에 돈을 걸고 있었다.

삼부터 십팔까지 쓰인 곳 중 여기저기에 은자나 철전들을 잔뜩 내던지고 있는 것이다.

잠시 뒤 손님들과 반대편에 선 사내가 소리쳤다.

"이제 그만! 자, 주사위 굴러갑니다."

만도각의 전문 도수로 보이는 중년 사내는 사람들이 더 이상 돈을 걸지 못하게 손으로 제지한 뒤 세 개의 주사위를 탁자 위로 내던졌다.

탁. 타타탁 또르르륵!

세 개의 주사위가 팽이처럼 회전하며 멈추자 여기저기 환호와 더불어 안타깝다는 탄성이 쏟아졌다.

"일, 삼, 사! 합이 팔이오!"

도수가 우렁차게 외치며 팔이란 숫자 위에 걸린 돈을 제외한 돈이 기다란 갈고리에 걸려 도수 앞으로 떨어져 내렸다.

그 안에 연후의 철전 두 개도 포함되어 있었다.

잠시 뒤 팔이란 숫자에 돈을 걸었던 이들에겐 걸었던 금액의 열두 배에 해당하는 돈이 건네졌다.

은자 한 냥을 걸었던 이는 그 한 판에 열두 냥을 챙겼으며 열 냥을 걸었던 어떤 이는 무려 백이십 냥이란 거금을 받아 챙기는 것이다.

단목강의 눈이 휘둥그레 변할 수밖에 없었다.

'이런 게 진짜 도박이구나.'

그렇게 배당이 모두 끝나자 다시금 도수가 입을 열었다.

"자, 다음 판 시작이오. 모두 운수 대통하시오."

도수의 말에 이어지자 다시금 너나없이 달려들어 각기

판 위에 적힌 숫자에 돈을 걸기 시작했다.

한 사람이 여러 군데 걸어도 되는 듯 조금 전 백이십 냥을 쥔 사내는 삼, 오, 칠, 구, 십일의 숫자에 다시 열 냥씩을 걸었다.

그렇게 돈을 거는 이들 중엔 철전 몇 개씩을 여기저기 올려놓는 이들부터, 오직 한 가지 숫자를 노리는 이들까지 각양각색의 방법이 동원되고 있었다.

단목강은 다시 연후를 보았다.

하지만 연후는 다시 상점이라 쓰인 곳에 철전 네 문을 올려놓았고, 다시 판은 시작되었다.

"일! 일! 육! 아이고, 또 팔입니다."

도수의 음성이 다시 울리고 여기저기 또다시 환호와 아쉬운 탄성이 터져 나왔다.

연후 역시 이번에도 철전 네 개를 잃었다.

다음 판이 되자 연후는 철전 여덟 문을 또다시 상점에 걸었고 그다음 숫자는 삼, 오, 오가 나왔다.

숫자의 합은 십삼, 단목강은 연후가 돈을 따는 것을 처음 보게 되었다.

여덟 문을 걸었던 연후가 여덟 문의 철전을 챙긴 것이다.

첫 판과 두 번째 판에 잃었던 여섯 문을 포함에 두 문을 딴 것이다.

다음 판이 되자 연후는 처음처럼 또다시 철전 두 개를 상점에 올려놓았다.

그제야 단목강은 연후가 어떤 방법으로 돈을 따고 있는지 깨달을 수 있었다.

'저런 쉬운 방법이……'

상점이나 하점이 나올 가능성은 절반, 결국 한 곳을 계속해서 두 배씩 노린다면 언젠가는 따게 되어 있는 것이다.

그렇게 생각하자 단목강은 짙은 의구심이 들었다.

저렇게 쉬운 방법이 있는데 왜 다들 가능성이 낮은 숫자에 연연하는지 이해하기 힘들다는 표정이었다.

상점과 하점에 돈을 거는 이는 연후뿐이 없었고, 다른 이들 중 누구도 거기에 신경을 쓰지 않고 있었기 때문이었다.

한데 몇 판 더 돌자 그 이유를 깨달을 수 있었다.

"아이고, 운수 대통! 십팔입니다."

주사위 세 개가 모두 육이 나오자 도수가 소리쳤다.

그리고 누군가에게서 우레와 같은 함성이 터져 나왔다.

"크하하하! 내 어제 꿈을 제대로 꿨지."

숫자 열여덟에 은자 세 개를 걸었던 사내는 건 돈의 서른 배를 받아 챙긴 것이다.

그리고 그때 연후가 건 철전 여덟 문은 도수의 갈고리

에 끌려 사라졌다.

그걸 보자 어느 정도 이해가 되었다.

가장 적은 수의 합인 삼이나 가장 큰 수의 합인 열여덟
은 상점과 하점에 구애받지 않는다는 규칙이 있는 것이다.

연후가 하는 방법은 절반보다 훨씬 가능성이 떨어진다
는 맹점이 있었다.

그렇다고 해도 삼이나 십팔이 나올 확률은 희박하니 결
국 돈을 따게 되는 것이구나 하는 생각이었다.

한데 조금 뒤 연후가 쓰는 노름 방법에 또 다른 큰 문
제가 있음을 알게 되었다.

바로 판돈의 제한이었다.

일층 주사위 판에선 한 곳에 최대로 걸 수 있는 것이
은자 열 냥이라는 것이다.

철전 열 문이 은자 한 냥이니 여덟 문을 잃은 연후는
이제 은자 한 냥과 철전 여섯 문을 상점에 올려놓고 있는
것이다.

이대로 내리 서너 판만 지면 다시는 같은 방법으로 본
전을 회복할 수 없게 된다는 뜻이었다.

그리고 그 같은 일이 벌어졌다.

내리 주사위 세 개가 일이 나오더니 그 다음 번엔 칠과
팔이 나왔다.

이를 회복하자면 은자 열두 냥과 철전 여덟 문을 걸어

야 하지만 한 판의 제한 금액은 은자 열 냥.

하나 연후는 망설임 없이 상점에 은자 열 냥을 걸었다.

단목강의 호기심은 더욱 짙어졌다.

'저걸 잃으면 어찌 만회한다는 것이지?'

하지만 단목강의 궁금증은 해소될 수 없었다. 내심 하점이 나오길 바랐던 것과 달리 십삼이 나와 연후가 열 냥을 따게 된 것이다.

다음 판이 되자 연후는 다시 철전 두 문을 상점에 올려놓고 있었다.

"참 녀석, 더럽게 재미없게 노네."

갑작스레 들려온 목소리에 단목강이 고개를 돌리자 언제 왔는지 혁무린이 한심하다는 눈으로 연후를 보고 있었다.

단번에 연후가 어떤 방법으로 돈을 따고 있는지 알아챘다는 표정이었다.

"무린 형님! 저런 방법으로 따는 것이 가능합니까?"

"뭐, 가능은 하지만 잘 안 하지. 안전하긴 해도 저걸 지키면서 하는 게 꽤나 힘들어서 말이지. 특히나 판돈 제한에 가까워질수록 떨리게 되고 한 번 망하면 다시 회복할 방법이 없기 때문이거든."

"아십니까? 저 방법을."

"알지. 꽤나 유명했던 도수가 남긴 도담필선이란 책자

에 적힌 방법이거든. 녀석 저거 하나 믿고 그렇게 자신만 만했나 보네."

"그런 것도 있습니까?"

"무공만 비기가 있는 건 아니니까. 한데 저거, 도수가 눈치채는 순간 끝나거든."

"네?"

"도담필선이 써진 건 송나라 시절이야. 몇 백 년 전이지. 그리고 그땐 도수가 먼저 사발 안에다 주사위를 굴린 다음 사람들이 돈을 걸었어. 돈이 다 걸리면 사발을 들어서 숫자를 확인시켜 주던 시대였지. 그러니까 저게 먹힌 거지. 지금 같으면 어림도 없었다."

"그게 무슨 말씀이십니까?"

"도수가 마음먹으면 주사위 세 개 마음대로 조종하는 건 일도 아니거든. 그러니까, 저 도수가 털어먹자고 마음먹으면 상점과 하점에 돈 거는 사람은 절대 못 따는 거지."

"그럼 지금 유 공자는 어떻게."

"글쎄, 그건 나도 잘 모르겠다. 아마 네 덕이 아닐까?"

"네?"

"강이 네 일행이니까 봐주는 거 아니냐고? 그것도 아니면 저 녀석 오늘 운이 트인 날이던가."

"저 때문은 아닐 겁니다. 사다인 공자나 유 공자 모두 이런 방면에 재주가 있는 것이겠지요. 그나저나 형님은?"

"아! 나야, 한 방이지. 기다려 봐. 제대로 된 곳에 한 방 노리고 있으니까. 그나저나 곧 끝내자고 해라. 저러다 두 녀석 모두 노름에 미쳐 날 새겠다."

무린이 혀를 차며 연후와 멀찌감치 떨어져 있는 사다인을 바라보자 단목강은 참으로 어이없다는 표정을 지었다.

누구 때문에 이러고 있는데라는 표정.

하나 무린은 전혀 신경 쓰지 않으며 입을 열었다.

"가서 애들한테 전해. 일각 뒤에 결산하자고."

혁무린이 손에 들린 은자 한 냥을 허공으로 튕긴 뒤 다시금 사람이 가장 많이 모여 있는 전각의 중심으로 이동해 기웃거리기 시작했다.

그걸 보자 단목강은 또다시 실소를 흘릴 수밖에 없었다.

자신만만한 얼굴과는 달리 지난 두 시진 동안 내내 구경만 하고 돌아다녔다는 말이었다.

아무리 봐도 고작 일각 만에 연후나 사다인을 이길 것 같진 않아 보였다.

하지만 일각 이후 단목강은 자신의 생각이 어처구니없이 빗나갔음을 깨달을 수밖에 없었다.

무린이 어슬렁거리고 있는 곳은 만도각의 일층에서도

가장 많은 이들이 모여 있는 곳이었다.

그곳엔 족히 백여 명이 넘는 이들이 모인 채 눈앞에 놓여 있는 기다란 사각 수조를 바라보고 있었다.

칸칸이 막혀 있는 열두 개의 길이 난 수조, 그리고 칸의 끝에는 일부터 십이까지의 숫자가 차례로 적혀 있었다.

그 수조 주위로 모인 이들은 눈을 번뜩이며 물 위를 둥둥 떠다니고 있는 자라 새끼들을 살피는 데 여념이 없었다.

열심히 발버둥을 치고 있는 자라들은 앞을 막아 놓은 판자 때문에 나아가지 못하고 있는 상태, 그 자라들이 펼치는 경주가 지금 만도각의 일층을 열광시키고 있는 것이다.

이윽고 분위기가 무르익을 즈음 늙은 도수 하나가 나섰다.

판판마다 자리한 도수들과는 그 분위기부터 다른 중후한 인상의 노인, 그가 애타는 눈빛으로 자신을 바라보는 중인들을 향해 나직한 음성을 내뱉었다.

"자, 더 이상 참가하실 분이 없으시오?"

늙은 도수의 입이 열리자 여기저기서 독촉하는 소리가 들렸다.

"아! 거참. 빨리 좀 합시다."

"본전 찾을 길은 이것뿐이오."

"내 어제 꿈에 조상님이 나오셨소이다. 난 오늘도 태풍이 녀석에게 몽땅 걸었소이다."

"무슨 소리! 저놈 물질하는 것 좀 봐. 한물갔다니까. 나는 전광석화에게 걸 거야!"

여기저기서 흥분한 소리를 내뱉는 이들을 보며 늙은 도수가 더없이 흡족한 웃음을 지었다.

하루에 딱 한 번 열리는 이 자라 경주는 만도각의 모든 도박판 중에서도 단연 인기가 많은 판이었다.

눈앞에 모인 이들 말고도 이층과 삼층 전각에 드나드는 거부들조차 이 한 판의 경주를 위해 시선을 집중하고 있는 것이다.

얼핏 보기에는 그저 별것 아닌 놀이로 보이지만 이 한 판에 은자도 아닌 금자 수천 냥 혹은 수만 냥이 왔다 갔다 하는 것이다.

하여 만도각의 수석 도수인 노인이 그 판을 주관하는 것이다.

이번 한 판에 걸린 판돈만 해도 얼추 은자로 치면 십만 냥에 가까운 어마어마한 경주, 수조를 바라보는 이들이 열광할 수밖에 없었다.

"자, 그럼 시작하겠소."

수석 도수인 노인이 중인들을 보며 입을 열자 모두가 긴장한 듯 숨을 멈췄다.

그 순간 느닷없이 수조 앞으로 불쑥 튀어나온 이가 있었다.

"잠시만요!"

난데없는 방해꾼에 모두가 인상을 잔뜩 일그러뜨리는 찰나, 앞으로 나선 청년이 실실거리며 도수 노인에게 입을 열었다.

"저, 요 두 놈에게 전 재산을 걸었거든요. 응원이라도 한 번 하게 시간 좀 주십시오!"

가장 끝과 끝에 있는 자라 두 마리를 양손으로 가리키며 애절한 눈빛을 보이는 청년은 다름 아닌 혁무린이었다.

그러자 여기저기서 짜증이 폭발했다.

"뭐냐! 썩 비켜라!"

"이런! 만도각에 웬 어린애를 들여놨어."

"죽고 싶으냐!"

날카롭게 이어지는 반응들에 아랑곳하지 않는 혁무린은 일 번 자라와 십이 번 자를 보며 더없이 간절한 음성을 내뱉었다.

"은자 한 냥, 내 전 재산이다. 제발 이겨 다오."

은자 한 냥을 걸었단 말에 다시금 수많은 이들이 혁무린을 노려보았다.

고작 은자 한 냥을 가지고 저런 꼴을 하고 있으니 모두가 더없이 짜증이 난 얼굴이었다.

그런 것은 도수 노인 역시 마찬가지였다.

이 자라 경주가 겉보기엔 그저 운처럼 보이겠지만 실상 이기는 놈들은 항상 정해져 있었다.

칸이 열리면 앞으로 나아가도록 훈련 받은 놈들은 서너 마리밖에 없는 것이다.

또 이 같은 사실을 한 번에 수천 냥씩 거는 이들이 모를 리 없었다.

더군다나 무린이 가리킨 일 번과 십이 번 자라는 그냥 연못에서 잡아 온 놈일 뿐이니 칸이 열린다고 해 봤자 제자리를 맴돌 게 뻔했다.

도수 노인이 무린을 한심하게 쳐다볼 수밖에 없는 이유였다.

그러거나 말거나 혁무린은 연시 두 자라를 향해 애절한 음성을 내뱉었다.

"부탁한다. 저기로 냅다 헤엄치는 거야! 안 그랬다간 네놈들 피를 쪽 빨아먹어 버린다."

애원을 하다 나중에 협박까지 하는 무린, 주변 사람들의 짜증은 더없이 커져만 갔다.

도수 노인이 나서며 그런 무린을 제지했다.

"험험! 뒤로 좀 물러나시게."

"아, 네."

무린이 머릴 긁적이며 뒤로 물러나자 도수 노인이 혀를

차며 수조 앞에 섰다.

"허, 참. 오래들 기다리셨소이다. 자. 그럼 모두 운수대통하시길 빌겠소이다."

그 말을 끝으로 양손으로 앞을 막은 판자를 번쩍 치켜올리는 도수 노인.

그 순간 일제히 함성이 터져 나왔다.

"우와!"

"태풍아, 달려!"

"뭐 해! 이 자라 새끼야. 앞으로 나가란 말이야!"

막혔던 물길이 열리자마자 미친 듯이 이어지는 함성들, 하나 그 열기와 달리 자라들의 발버둥은 너무나 조용하기만 했다.

너댓 마리만 앞으로 뽈뽈거리며 헤엄칠 뿐 대부분의 자라들은 제자리를 맴돌기만 했다.

수많은 이들의 희비가 교차되는 순간이었다.

저렇게 제자리를 맴도는 자라들이 앞으로 나아가지 못한다는 것을 이미 잘 알고 있다는 표정들이었다.

당연히 무린이 건 일 번과 십이 번 자라 역시 제자리를 맴돌고 있었다.

그 순간 무린의 눈이 번뜩였다.

"이 자식들, 정말 구워 먹어 버린다."

나직하게 이어지는 무린의 음성, 때마침 그 옆에 있던

도수 노인이 무린을 참으로 불쌍하다는 표정으로 쳐다보았다.

자라가 사람 말을 알아들을 리 없기 때문이었다.

한데 도수 노인뿐 아니라 장내가 일제히 술렁이기 시작했다.

갑작스레 제일 끝줄에 있던 자라 두 마리가 뽈뽈거리며 앞으로 헤엄을 쳐 나아가기 시작했기 때문이었다.

그렇다고 해도 앞서 나가는 자라들과의 간격이 커서 따라잡기는 어려울 것으로 보였다.

수조의 길이라고 해 봤자 고작 반 장 정도뿐이니 이미 절반을 통과한 다른 녀석들을 따라잡을 리 없다 여긴 것이다.

한데 좌중의 반응이 갑작스레 조용해지기 시작했다.

일 번과 십이 번 자라가 미친 듯이 발길질을 시작한 것이다.

폴폴폴폴!

"어, 어! 어어어!"

여기저기서 터져 나오는 믿기 힘들다는 탄성들.

그리고 누구도 믿기 힘든 일이 벌어졌다.

결국 십이 번 자라가 일 등으로 일 번 자라가 이등으로 수조의 끝에 도달해 버린 것이다.

잠시간 숨 막힐 듯한 정적이 수조 주위를 휘감았다.

그리고 이내 비명과도 같은 고성들이 터져 나왔다.

"으아아악!

"사술이다. 어떤 놈이 사술을 부린 거야!"

"이런 적은 없다. 사기다. 사기야!"

너무나 어처구니없는 결과에 돈을 걸었던 이들뿐 아니라 도수 노인까지 어안이 벙벙한 표정이었다.

그 순간 도수 노인 옆에 선 혁무린의 입에서 더할 수 없는 환호성이 터져 나왔다.

"대박이다."

모두가 분노하고 있는 찰나 터진 무린의 음성에 불같은 눈길이 일제히 쏘아졌다.

은자 한 냥을 걸었다고 해야 고작해야 열두 냥을 딴 것이다.

적개는 수십 냥에서 많게는 수백수천 냥을 잃은 이들이 즐비한데 그걸로 좋아하고 있으니 화가 나지 않을 수 없었다.

그 순간 무린이 손에 들린 종잇조각을 도수 노인에게 건네며 물었다.

"와, 정말 운이 좋네요. 일등 이등을 순서대로 맞혔네요."

무린이 건넨 종이를 받은 도수 노인의 얼굴이 때마침 사색으로 변했다.

"싸…… 쌍승식……."

"네, 그거 연승식보다 배당 높은 거라고 해서……."

무린이 기대에 찬 눈으로 도수 노인을 바라보는데도 불구하고 노인은 손에 들린 배당지를 보며 그저 부들부들 떨고 있었다.

그 순간 무린이 씨익 웃으며 입을 열었다.

"일단 일등 맞춘 거 열두 배랑 이등 맞춘 거 열두 배니까. 스물네 냥이네요. 그리고 한 번에 두 개 다 맞췄으니까 연승 배당 백사십사 배에다 일등과 이등 순서 맞춘 게 다시 열두 배를 곱해야 하니 천칠백스물여덟 배네요. 그리고 또 뭐가 있더라. 아! 쌍승식과 연승식에만 건 돈은 맞춘 사람들끼리 나눈다고 했죠. 딱 보니 저밖에 없는 것 같으니 고것도 제 거가 되는 건가요? 은자 한 냥으로 받기엔 좀…… 미안하네요."

무린의 말에 도수 노인은 말문이 막혀 버렸다.

숫자상으로 분명 가능한 배당이었다.

그렇다고 해도 누구도 이렇게 미련하게 돈을 걸지는 않는다.

하나를 맞춘다 해도 다른 걸 틀리면 배당지가 휴지 조각이 되기 때문이었다.

그렇다고 해도 소 뒷발에 쥐 잡는 격으로 백사십사 배까지의 배당은 아주 간혹가다 한 번씩 나오긴 했다.

그렇다고 해도 어차피 걸린 판돈을 기준으로 나누는 것이니만큼 맞춘 사람이 많으면 가져가는 은자는 실상 얼마 되지 않는 것이다.

한데 큰일이 난 것이다.

아무리 적게 잡아도 쌍승과 연승에 걸린 돈이 은자 칠 팔천 냥은 웃돈다.

그중 이 할은 만도각의 수수료이니 빼더라도 그 나머지를 전부 이 청년이 가져가게 된 것이다.

만도각이 생긴 이래 그야말로 최대의 대박이 터져 버린 것이다.

하나 눈앞의 청년은 마치 당연히 그리 될 줄 알았다는 표정이었다.

도수 노인의 눈빛이 더없이 굳어질 수밖에 없었다.

정말로 무슨 사술을 펼치지 않고서야 이런 일이 가능할 리 없어 보였다.

하나 만도각 내에서 그런 사술이 펼쳐졌다면 곳곳에 몸을 감춘 이들이 못 잡아낼 리 없었다.

간혹 내가 고수들이 내력을 이용해 도박판을 좌우하는 일들을 막기 위해 그 방면에서만큼은 철두철미한 대비를 하는 것이 만도각이었다.

하니 도수 노인은 그저 이 상황이 기가 막힐 따름이었다.

그때 무린이 고개를 꾸벅이며 뒤돌아섰다.

"모쪼록 잘 쓰겠습니다. 그럼……."

무린이 그렇게 휘적휘적 걸어 나가는 동안에도 수조 주위엔 망연자실한 이들만이 가득했다.

때마침 무린이 수조 위에 뜬 두 마리 거북을 보며 입을 열었다.

"저거! 제가 사도 되나요? 딴 돈의 절반을 낼 용의가 있습니다만."

"컥!"

도수 노인은 숨이 턱 막히는 소리를 내뱉었다.

자라 두 마리 사는 데 몇 천 냥을 내겠다는 소리였다. 하나 무린은 씨익 웃으며 입을 열었다.

"저 그렇게 몰염치한 놈 아닙니다. 아무리 짐승이래도 은혜는 갚을 줄 알아야죠. 파실 생각 있으면 말씀해 주세요."

무린이 돌아서며 다시금 수조 속 두 자라를 향해 입을 열었다.

"니들이 수고했다."

그렇게 무린이 휘적휘적 그 자리를 빠져나왔고 그런 무린의 모습을 처음부터 끝까지 지켜본 단목강은 그저 입을 쩍 벌리고 있을 뿐이었다.

"대…… 대체…… 어떻게 한 겁니까, 형님?"

어안이 벙벙한 단목강의 음성에 무린은 여전히 장난 가
득한 음성을 내뱉었다.

"인생! 한 방이라니까."

때마침 혁무린의 귓가로 나직한 음성 한 줄기가 이어졌다.

"소공, 위험했습니다. 자칫 들킬 뻔했습니다."

허공에서 들려온 음성에 혁무린이 씨익 하고 웃었다.

"만수신공(萬獸神功)은 괜찮다며? 그나저나 돈 벌기 참
쉽다. 그지?"

"흘흘흘흘, 그렇다고 해도 여기저기 꽤 하는 녀석들이
기척을 숨기고 있습니다. 엄청 살벌한 눈빛으로 소공을 감
시하고 있습니다."

"에이, 초노도 참. 이미 판 끝났는데 뭘 그래. 신경 끄
라고. 만수신공은 이백 년 전 금마(禽魔)의 무공인데 누가
알아보겠어? 이제 코가 삐뚤어지게 마실 차례잖아."

第四章

인연은 더하여지고

유동의 삼법 중 그 첫 번째는 순행(順行)의 법이니라.

세상에 존재하는 그 어떤 물체도 이 순행의 진리를 벗어날 수 없는 바, 나아가던 것은 그대로 나아갈 것이며 멈춰 있는 것은 영원히 멈춰 있게 되는 것이 진리이도다.

외부의 힘이 가해지지 않는다면 만물은 언제나 이 순행의 법에 따라 정(靜)과 동(動)이 정해져 있으니 인간이라 해서 예외가 될 수는 없는 바이다.

무지한 이들은 이 위대한 발견을 전혀 이해하지 못하는 바 본좌에게 아둔한 질문만을 계속하였다.

순행의 법에 따르면 사람이 허공으로 뛰어오르면 끝없이 하늘로 솟구쳐야 하며 날아가는 화살은 영원히 날아가야 하지 않느냐고 반문하니 본좌는 그들의 머리통을 쪼개려다 꾹 참아야만 했다.

앞서 말한 바 있듯이 대지 위의 모든 것들은 인력 위에 놓여 있으니, 사람이 날고자 하는 것이 되지 않는 것이나 평행으로 나는 화살이 바닥으로 꽂히는 것은 모두 이 인력의 작용 때문이니라.

한데 그 인력의 존재를 제대로 이해하지 못하니 당연한 듯 유동의 삼법조차 이해를 못하는 것이니 이 어찌 답답하다 아니 할 수 있겠느냐.

하나 눈에 보이지 않는다고 존재하지 않는 것이 아니며 존재한다고 해서 반드시 형상이 있는 것이 아닌 것이 세상의 이치이니 연자는 본좌의 말을 하나도 소홀히 여기지 말지니라.

만물 유동의 두 번째 법은 반배의 법이니라.

순행의 법에 따라 운행하는 만물에게 통용되는 이 반배의 법은 능광선법을 익히는 가장 기초가 되는 깨우침이니라.

만물이 유동하여 움직이는 것은 모두 가해지는 힘의 크기가 커질수록 증가하며, 움직이는 물체의 무게가 작아질수록 반하여 드는 것이다.

무거운 물건을 움직임에 힘이 더 필요하며, 가벼운 이가 무거운 이보다 빠른 것은 모두 이 반배의 법에 따른 자연스러운 이치이니라.

대저 보법과 신법 경공의 모든 이치가 이 반배의 법 안에 적용된다.

경신공부라 함은 말 그대로 몸을 가볍게 하는 공부, 가벼워지면 가벼워질수록 빨라지는 것이 바로 이 반배의 법이며 종국에 가벼워짐의 끝에 도달하여 그 무게조차 없어지는 상태가 바로 무량(無量)이라 부르는 지고한 깨달음이다.

불가에선 해탈이라 하고 도가에선 탈선이라 하고 무가에선 무극지경이라 불리는 이 경지를 본좌는 모두 그저 무량이라는 말로 표현하고자 한다.

무량이란 무게가 없는 상태, 이를 견디기 위해 연자는 광안을 얻고 광령을 깨우쳐야만 영과 육이 분리되어 죽음에 이르는 것을 막을 수 있을 것이다.

하나 너무 걱정하지 말거라.

누누이 강조하거니와 본좌는 고금제일의 천재, 삼십 년 공력만 익혔다면 능광선법으로 능히 그 모든 것을 극복할 수 있을 터이니.

하나 고작 그 정도의 내공도 익히지 못한 자질이라면 지금 당장 수련을 포기하고 보다 똑똑한 이를 찾아 본좌의 가르침을 전하는 것이 좋을 것이다.

이른 아침 창문 틈으로 밀려드는 따스한 봄 햇살이 화려한 방 안을 비추고 있었다.

입에 쩍 벌어질 정도로 화려하게 꾸며진 거대한 방 안, 하나 실상은 너저분하기 이를 데 없었다.

여기저기 널려진 술병의 수만 해도 족히 백여 병은 넘어 보였고, 거대한 상 위에 차려진 온갖 음식들은 먹다 남긴 것이 태반이었다.

그 술병과 진미가 차려진 상다리 옆으로 네 청년들이 어지럽게 쓰러진 채 잠에 취해 있었다.

척 보아도 지난밤 이 같은 난장판을 만들어 놓은 것이 청년들임이 분명해 보였다.

북경 제일의 기루라는 자명루의 최고 특실에서 밤새 이어진 술판, 당연히 그 일을 벌인 것은 유가장의 청년들이었다.

햇살은 계속해서 청년들의 코끝과 눈썹을 간질였고 연후가 입에서 나직한 신음을 뱉으며 힘겹게 눈을 떴다.

"으으음. 대체 여기가."

머릿속에 만 근 거석이라도 들어 있는 듯한 느낌으로 몸을 일으킨 연후가 방 안의 모습을 살피더니 이내 히죽 웃음을 지었다.

지난밤의 일이 생생히 떠올랐기 때문이었다.

청년들을 보는 연후의 눈빛이 전과 달리 아침 햇살처럼

따스하기만 했다.

특히나 무린을 보며 그 입가에 미소가 더욱 짙어졌다.

의외로 괜찮은 녀석이란 생각이었다.

지난밤의 내기에서 일등을 한 것은 무린이었다.

금자로 서른 냥이 넘는 거금을 손에 쥔 무린, 은자로 따
지면 삼천 냥이 넘는 돈을 따 온 것이다.

거기다 그동안 보여 온 성격으로 보아 분명 곤욕스러운
일을 부탁할 줄 알았던 무린은 의외로 청년들에게 간단한
일을 시켰다.

"오늘 밤 죽을 때까지 마시는 거다."

그 후 당연한 듯 자명루를 찾아 특실로 들어선 무린은
그 거금을 아무렇지도 않게 자명루의 총관에서 내던졌다.

"여잔 필요 없고, 요 돈 떨어질 때까지 마실 테니 최고
로만 차려 오라고!"

으리으리한 자명루의 특실로 당당하게 이끈 무린과 청
년들의 술판이 그렇게 시작된 것이다.

기루는커녕 아직 술 한 잔 입에 대 보지 못한 연후로서
는 그야말로 별천지에 온 느낌이었다.

그것은 단목강도 마찬가지인 듯 보였고, 사다인만이 왠
지 내내 불만 가득한 얼굴을 지우지 않고 있었다.

상이 나오고 금존청이란 술이 들어왔다.

한 병에 은자 오십 냥짜리라는 믿지 못할 가격의 술, 그

걸 대여섯 병이나 마실 때까지 혁무린을 제외한 누구도 입을 열지 않았다.

그저 무린의 말에 따라 빨리 취하기만 기다리며 술잔을 떠넘기는 것만 같았다.

한데 다들 체질이 좋은 것인지 원래부터 술이 강한 것인지 꽤나 술을 마셨는데도 취하는 이가 없었다.

그러던 어느 순간 무린이 단목강을 향해 버럭 소릴 질렀다.

"야, 이놈아. 왜 아까운 술을 내공으로 날려 버려! 설마 너네 집 가게라고 매상 올리는 거냐?"

그 일이 있은 후로 술자리의 분위기가 변하기 시작했다.

그 뒤 딱 석 잔을 더 마신 단목강이 완전히 취해 버려서 횡설수설을 시작한 것이다.

그때부터 딱딱하던 분위기가 순식간에 풀어졌다.

"우헤헤헤헤! 술이 이렇게 좋은 줄 몰랐습니다. 무린 형님! 최곱니다."

"덤벼라! 사다인. 내가 바로 단목세가의 소가주니라."

"으허허헉! 아버님! 소자 세가로 돌아가고 싶습니다."

술 취한 단목강의 모습은 그야말로 가관이었다.

그제야 제 나이를 찾은 듯한 모습, 연후조차 그 모습에 피식 웃음이 흘러나올 정도였다.

"어린 녀석!"

사다인이 그런 단목강을 핀잔하던 것도 꽤나 인상적이었다.

그리고 사다인 역시 아무리 마셔도 취하지 않을 것만 같았다.

그러다 술병이 서른 개쯤 쌓였을 때 사다인이 연후를 보며 물었다.

"너는 아직도 결정하지 못했느냐?"

"무엇을?"

"네가 나보다 스무 냥을 더 땄으니 나는 마땅히 네 부탁을 들어줘야 한다."

무뚝뚝하게 흘러나온 그 말에 연후는 잠시 고민을 할 수밖에 없었다.

실상 딱히 무엇을 부탁해야 할지 생각해 보지도 않았기 때문이었다. 그러다 이내 결심한 듯 조심스레 입을 열었다.

"사다인 공자께선 더 이상 단목 공자와 다툼 없이 지냈으면 합니다. 보시다시피 아직 어리지 않소이까?"

전혀 예상치 못한 연후의 말에 사다인이 역시나 무뚝뚝하게 입을 열었다.

"알았다."

의외로 흔쾌히 대답하는 사다인이었다.

"나한테는 뭐 부탁할 거 없냐?"

난데없는 혁무린의 물음에 연후가 고개를 갸웃거렸다.

내기에 일등을 한 것은 무린인데 무슨 부탁을 하라는 것인지 모르겠단 얼굴이었다.

"친구끼리 그런 거 하나씩 들어주고 하는 거다. 이렇게 술까지 먹어 주고 하는데. 나도 뭐 하나 들어주고 싶다."

갑작스런 무린의 제안에 연후가 당황하자 혁무린은 씨익 웃었다.

"아이 참! 이거 굉장한 기회라고."

무린이 그렇게 나오자 가만히 있던 사다인이 툭 하고 한마디를 더했다.

"저 입 좀 다물라고 해라."

자기가 이겼다면 반드시 그렇게 하고 말았을 것이란 표정의 사다인을 보자 연후는 저도 모르게 또 한 번 웃음을 흘리고 말았다.

하나 정말로 그런 일을 부탁할 수는 없는 일이었다.

혁무린에게 입을 닫으라는 말은 차라리 죽으라고 하는 것보다 힘든 일처럼 느껴졌다.

아니나 다를까 혁무린이 인상을 잔뜩 찌푸렸다.

괜한 소릴 했다는 표정으로 서둘러 입을 열었다.

"야! 그런 거 말고. 뭐 고민 같은 거 말야. 아 참! 너 일전에 무공 익히고 싶다고 했지? 내가 가르쳐 줄까?"

무린의 말에 연후가 고개를 갸웃했다.

그러고 보니 조금 전 단목강에게 내공이 어쩌고저쩌고 했던 말이 떠올랐다.

사다인이나 자신은 전혀 눈치 못 챘던 일, 연후는 호기심이 짙게 배어나는 표정이었다.

"무공을 아시오?"

"그럼! 당연하지. 내가 자부문의 문주라니까. 아직 정식 문주는 아니지만……."

"자부문이라……. 솔직히 금시초문입니다."

"당연하지. 원래 신비지문이거든. 워낙 은밀한 곳이라 아는 사람이 없어. 하지만 소림이나 무당 같은 거랑은 비교도 안 돼. 진짜야. 사실 이거 굉장한 비밀이니까 어디 가서 함부로 떠들면 안 되는 이야기다."

혁무린의 너무도 당당한 음성 때문인지 아니면 그동안 마신 술이 과했기 때문인지 연후는 그 말이 아주 조금은 믿어지기도 했다.

"사실 소생이 요 근자에 고민하는 것이 한 가지 있긴 한데……."

"뭐냐? 말해라. 내가 그걸 해결해 주지. 친구가 된 기념이다."

"흠…… 사실 딱히 무공을 익히고자 하는 것이 아니라 삼십 년 내공을 익혀야 할 이유가 있소이다."

"엥? 삼십 년이면 반 갑자?"

무린이 고개를 갸웃하며 되묻자 연후가 멋쩍은 듯 대답했다.

"그렇소이다."

연후의 자신 없는 대답에 무린이 다시 반문했다.

"너 정말 아무것도 모르는구나. 내공심법 같은 게 필요한 것도 아니고 그냥 삼십 년 공력만 얻으면 된다는 거야?"

"사실 제가 그 방면에 정확히 아는 게 없소이다. 심법이란 것으로 적공하여야 얻어지는 것이 내력이라는 것은 알겠는데…… 어디서 구할 방법을 찾기가 쉽지 않소이다. 듣자하니 구대문파 같은 곳에 가면 그것을 배울 수 있다 하니 한 번 가서 배워 보고 싶은 생각을 하던 중이었소."

"에이! 그런 데 가도 안 가르쳐 줘. 그거 원래 비밀이거든. 강호무림이란 데는 원래 비밀이 엄청 많은 곳이라 유생한테 그런 내공심법을 줄 리 없단 말이지."

무린이 혀를 차며 입을 열자 연후가 나직하게 고개를 끄덕였다.

연후도 이미 알고 있는 바였다.

그렇게 쉽게 얻어진다면 결코 유가장을 떠나 그곳에 가서 제자가 되어 볼 생각까지는 안 했을 것이다.

단지 소림이나 무당에는 본산 제자 말고 속가 제자란

것이 있다 하니 도사나 중이 되지 않고 이를 익혀 볼 심산이었다.

어차피 배우고 익힌 학문이 아무리 높다 하나 선조의 유지 때문에 조정에 출사를 할 수도 없는 몸이었다.

그 때문에라도 무언가 매달릴 일이 필요했다. 그리고 그 해답을 광해경이란 책자에서 찾고 있는 것이 지금의 연후였다.

"하여간 진짜 너 운 좋은 줄 알아라."

"혁 공자. 방법이 있소이까?"

"그럼. 소림의 대환단이나 무당의 자소단 같은 거 먹으면 반 갑자 정도의 내력은 금방 생겨. 그런 거 우리 자부문에 엄청 많거든."

혁무린의 말에 연후가 가만히 혁무린을 쳐다보다 피식하고 웃어 버렸다.

동삼을 통해 들었던 말이 있었기 때문이었다.

무림이란 곳에서 무가지보라 불린다는 영단들이 있다고 했다.

그런 걸 취하면 내공심법 없이도 내력을 얻을 수 있단 말을 들었으나 말 그대로 영단이란 값을 매길 수 없을 만큼 귀한 것이라 들었다.

한데 그런 것들이 많다는 무린의 이야기만은 영 미덥지가 않았다.

"허풍 좀 그만 쳐라. 아무것도 모르는 녀석에게 사기라도 칠 요량이냐!"

가만히 듣다 못한 사다인이 한 소리를 내뱉었을 때 그는 이미 취기로 인해 조금 눈가가 풀린 모습이었다.

"허풍 아닌데……."

"하여간 중원 녀석들이란……."

"나 중원 사람 아닌데. 우리 동네는 신강이거든."

"시끄럽다. 너, 이 녀석 말 믿는 거 아니지?"

"……."

"차라리 여기 뻗어 있는 어린 녀석에게 말해라. 단목세가라면 네게 줄 무공심법 하나 어렵지 않게 구할 수 있을 것이다."

사다인의 말에 연후가 꽤나 놀란 눈빛이었다.

내내 말이 없어 깨닫지 못했으나 사다인 역시 강호무림이란 곳에 대해 꽤나 소상히 알고 있는 듯한 말투였다.

하지만 연후는 사다인의 말에 고개를 내저었다.

"그럴 수야 있겠소? 재미를 위한 내기였는데 그런 과한 부탁을 할 수야 없지요. 단목 공자도 일어나면 사다인 공자와 싸우지 말아 달라고 부탁할 참이었소이다."

연후의 말에 사다인이 싸늘하게 연후를 노려보았다.

"이 녀석 말대로 정말 아무것도 모르는구나. 요 어린놈이 제대로 하면 아무리 나라고 해도 이기기 어렵다. 단목세가란 곳은 그만큼이나 강한 곳이다"

사다인의 말에 연후는 깜짝 놀라는 표정이었다.

일전의 일방적인 구타가 떠올라 정말로 상상이 가지 않는다는 표정이었다.

아이와 어른이 싸워 아이가 이긴다는 말, 두 사람의 겉모습에선 그만큼이나 힘의 차이가 느껴졌다.

단목세가란 곳이 그렇게 대단한 곳인가 하는 사실도 새삼스럽기만 했다.

동삼이 알다 주는 이야기라고 해 봤자 장강 이북에 있는 몇몇 거대 문파에 관한 이야기가 전부였으니 실상 연후가 단목세가에 대해 아는 것은 전무하다고 해도 무방했다.

그때 다시 무린이 나섰다.

"하여간 삼십 년 내공만 주면 되는 거 아니냐고. 그걸로 우리 친구 하는 거다. 나중에 딴소리하기 없기다."

계속되는 무린의 말에 사다인은 혀를 차며 고개를 돌려 버렸다.

도저히 어찌할 수 없는 놈이라는 표정의 사다인, 연후도 그저 취해서 그러려니 하며 마지못해 고개를 끄덕일 수밖에 없었다.

그 후로도 꽤나 많은 술을 마셨다.

누가 제일 오래 버티나 하는 또 다른 내기를 했던 것까

진 기억나는데 정확히 언제 어떻게 잠이 들었는지는 가물
가물했다.

하나 분명한 것은 그 후로 꽤나 유쾌한 시간이 계속되
었던 것만은 기억이 났다.

물론 그사이 티격태격 언성을 높이던 혁무린과 사다인
의 말들도 얼핏얼핏 기억이 났다.

무언가에게 복수를 하겠다고 외치던 사다인의 고성도
기억이 났고, 그러지 말고 한세상 즐겁게 놀자던 혁무린의
말도 생각이 났다.

하여간 분명 즐거웠던 시간이라는 것만은 뚜렷했다.

그렇게 따스한 눈으로 연후가 청년들을 쳐다볼 때 누군
가가 화들짝 놀라 몸을 벌떡 세웠다.

가장 먼저 뻗었던 단목강이 눈을 뜬 것이다.

"허억! 여긴!"

몸을 벌떡 세운 단목강의 눈이 연후와 마주친 뒤 주변
을 살폈다.

그러곤 무언가 생각난 듯 얼굴이 잔뜩 일그러졌다.

"아⋯⋯. 내가⋯⋯ 내가⋯⋯. 어찌 그런 추태를⋯⋯."

나직하게 떨리는 단목강의 음성, 아마도 취중에 벌였던
일들이 기억난 듯 보였다.

연후의 입가에 저도 모르게 웃음이 흘러나왔다.

그 순간 무린이 눈을 번쩍 떴다.

"아이고, 머리야……. 어, 일어났냐? 단목 아우?"

단목강이 소스라치게 놀라 무린을 쳐다보는데 그 순간 무린의 입가에 묘한 웃음이 걸렸다.

"지난밤에 너 아무 일도 없었다. 그냥 쪼금 울고 그랬는데……. 혹시 니가 기억하지 못할까 봐 이야기해 주지만, 너 그다지 썩 나쁘지 않았다. 우리 동네에선 술 먹으면 다 그러니까 너무 걱정하지 말아라. 내가 그런 걸, 어디 가서 소문내고 그럴 사람은 절대 아니니까. 아이고, 머리야. 꿀물이라도 한 잔 마셔야 하는데……."

눈을 뜨자마자 주절주절 입을 여는 혁무린, 그사이 단목강의 얼굴이 점점 더 일그러져 갔다.

"어? 아직 안 나갔냐? 꿀물을 마시고 나면 어젯밤 기억이 없어질 것도 같긴 한데……."

"네? 아! 네."

단목강이 벌떡 일어섰다.

눈치가 아주 없지는 않은지 무얼 해야 혁무린의 입을 닫게 할지 아는 표정이었다.

그때는 사다인도 이미 눈을 뜨고 있었다.

"시끄러운 녀석!"

일어나자마자 무린에게 한마디 툭 쏘아붙인 사다인이 단목강을 향해 입을 열었다.

"내 것도 한 잔 떠 와라."

"사다인 공자!"

단목강이 굳은 얼굴로 대꾸하자, 사다인이 한마디를 더했다.

"앞으로 형님이라 불러라."

단목강은 꽤나 당혹한 얼굴로 쳐다볼 수밖에 없었는데 사다인은 아무렇지도 않은 얼굴이었다.

"잊었냐? 내가 삼등, 네가 꼴등이다. 내 부탁 들어줘야 하는 거. 설마 꿀물 한 잔으로 퉁 치자는 거냐?"

단목강은 둔기로 뒤통수를 맞은 듯한 표정으로 가만히 사다인을 쳐다보기만 했다.

그걸 보는 혁무린이 다시 한마디를 더했다.

"오! 그걸로 정했나 보네. 축하해. 친구. 단목세가 소가주를 아우로 둘 수 있다는 건 굉장한 영광이라고!"

"하여간, 시끄러운 녀석……."

그렇게 주거니 받거니 말을 나누는 세 청년을 보며 연후의 입가에 다시금 밝은 미소가 지어졌다.

왠지 앞으로의 날들이 마냥 무료하지만은 않을 것이란 생각이 머릿속을 스쳐 가고 있는 것이다.

* * *

청년들의 북경행이 있은 지 두 달여가 흘렀다.

그사이 계절이 바뀌고 타는 듯한 볕이 내리쬐는 여름이 시작되었다.

계절이 변한 것처럼 그동안 청년들의 관계 또한 전과는 판이하게 달라졌다. 막역지우처럼 흉허물 없다고 할 수는 없었지만 적어도 서로를 불편하게 대하지 않게 된 것만은 틀림없었다.

그러는 동안에도 매일처럼 이어지는 유한승의 공부는 매우 엄격하여 반드시 전날 배운 바에 대한 필담을 행하였는데, 이 시험은 청년들의 배움만으로는 쉬 따라가기 벅찰 정도로 난해하기만 했다.

하여 매일처럼 서가에 모여 공부를 하였고 그러는 동안 에도 조금씩 가까워질 수 있었다.

청년들이 배우고 있는 대부분은 연후가 이미 여러 해 전에 통달한 것들이었다. 그 때문에 청년들은 난해한 주해 나 이해하지 못하는 경구들이 나오면 연후에게 묻고 배우 기를 주저하지 않았고 그러는 동안 사이는 점차 좋아져 갔다.

물론 그러한 일들이 가능해진 것도 따지고 보면 북경행 이 있었기 때문이었다.

네 청년 모두 외박을 하였다고 유한승에게 혼쭐이 났지 만 그런 걸 신경 쓰는 이는 오직 단목강뿐이었다.

그 후로도 무린이 주도하여 벌써 두 번이나 북경 나들

이를 다녀온 청년들이니 그 관계는 그야말로 장족의 발전을 이뤘다고 할 수 있는 것이다.

물론 아직까지도 혁무린은 내내 종알거렸고, 사다인은 인상을 쓰고 지냈고, 단목강은 예의범절을 차리며 지냈지만 확실히 그 관계는 처음과는 사뭇 달라져 있었다.

"후아! 덥다. 더워! 쪄 죽겠다."

서가 안에 모인 청년들을 보며 무린이 호들갑을 떨자 사다인이 툭 하고 한마디를 내뱉었다.

"우리 부족이 사는 곳에 비하면 이건 더운 것도 아니다. 호들갑 좀 떨지 마라."

"더운 게 아니긴. 내 백옥 같은 피부가 네놈처럼 새까매져야겠냐?"

"하여간, 시끄러운 녀석. 나가서 냉수나 한 사발 머리에 붓고 오면 될 것 아니냐?"

"오옷! 좋은 생각인데. 우리 다들 물질이나 한번 하러 갈까?"

기다렸다는 듯 일어서는 혁무린을 보며 단목강이 슬그머니 꼬리를 뺐다.

"무린 형님! 다인 형님과 전 약속이 있습니다."

"니들 둘 아직도 승부 못 냈냐?"

"승부를 위해서가 아니라 수련 때문입니다."

"그거나 그거나지. 뒷산까지 올라서 맨날 티격태격하는

거 지겹지도 않냐?"

"다인 형님께 배우는 게 많습니다. 특히나 형과 초식에 얽매이지 않는 형님의 체술은 제 안계를 넓혀 주고 있습니다."

단목강이 진심으로 감사하단 음성을 내뱉자, 사다인이 볼멘소리를 내뱉었다.

"흥! 웃기는 녀석. 네놈이 내공이란 걸 금제한 채 싸운다는 걸 모르는 줄 아느냐?"

"그건 형님께서도 마찬가지 아닙니까? 살초를 쓰지 않으시니 저 또한 내력을 운용할 필요가 없는 것이지요."

두 사람이 주거니 받거니 이야길 하자 혁무린이 또다시 불만 가득한 음성을 내뱉었다.

"독한 것들. 도대체 잠은 언제 자고 그렇게들 사는지. 연후야, 너라도 가자."

무린이 은근슬쩍 연후를 끌어들여 보지만 연후까지 냉담하게 입을 열었다.

"유생의 체통이 있지 어찌 함부로 옷을 훌러덩 벗겠느냐?"

연후의 말에 혁무린이 한 소리를 내뱉었다.

"그놈의 체통 때문에 쪄 죽겠다. 됐으면 말아라."

혁무린이 잔뜩 인상을 찌푸리며 청년들을 향해 눈을 흘겼지만 딱히 누구 하나 신경을 쓰는 이는 없어 보였다.

"에효! 낮 동안엔 내내 책만 파묻혀 살고 밤에는 그놈에 무공에 미쳐 있고…… 인생의 참 즐거움을 모르는 한심한 놈들뿐이구나."

무린의 푸념이 또다시 이어졌으나 역시나 아무도 듣고 있지 않았다.

청년들 모두 내일 오전에 있을 필담을 위해 각자의 서책에 빠져들 뿐이었다.

그렇게 시간이 한참이 또 흘렀다.

그러다 어느 순간 단목강이 흠칫하더니 자리에서 뻘떡 일어섰다.

그러곤 조심스레 서가 밖으로 걸어 나갔다.

그런 걸 그냥 두고 볼 혁무린이 아니었다.

"어디 가냐?"

"잠시, 소피 좀……"

말은 그렇게 했지만 서가를 빠져나가는 단목강의 얼굴은 무척이나 굳어져 있었다.

누가 보더라도 볼일 보러 가는 건 아님을 알 수 있는 몸짓이었다.

하지만 사다인이나 연후는 전혀 관심이 없는 듯했고, 무린만이 슬쩍 일어서 서가 밖으로 나섰다.

"초노? 무슨 일이래?"

"단목 공자의 호위가 전음을 날린 듯합니다."

"흠, 대체 무슨 일인데 똥 쌀 것 같은 표정으로 나간 거야?"

"유가장주의 거처로 객이 하나 찾아왔는데 아마도 그 때문인 듯싶습니다."

"객이라니⋯⋯?"

"흘흘흘. 굉장한 고수더군요. 노신의 솜털을 다 곤두서게 할 정도의⋯⋯."

"에이, 농담도. 누가 있어 초노를?"

"승부를 자신할 수 없는 인물이었습니다."

"진짜야?"

그제야 혁무린은 정말로 놀란 표정이었다.

초노의 실력을 너무나 잘 알고 있는지라 그가 승부를 자신할 수 없다는 말이 정녕 믿기지 않았다.

"단목 공자의 호위 녀석은 그자의 정체를 아는 듯합니다. 하여 저리 번잡스러운 것이겠지요."

"이야, 진짜 궁금하네. 누군지 알아봐 줄 수 있어?"

"노신이 중원에 대해 아는 게 뭐 있겠습니까? 하지만 한 가지는 확실하지요. 강호에 알려진 이들 중 노신을 긴장시킬 이가 없다는 것을요."

연이어 들려오는 음성에 무린은 정말로 호기심이 동한 얼굴이었다.

"그러니까 정말로 더 궁금해지네. 그런 정도의 고수가

대체 장주 할아버지랑 무슨 관계인 거야……."

무린의 얼굴이 점점 더 신난다는 듯 변해 가던 차 다시 한 번 초노라는 노인의 음성이 조심스레 이어졌다.

"소공. 외람되오나 너무 유가장의 일에 깊이 관여하시지 않는 것이 좋을 것입니다."

전과 달리 나직한 노인의 음성에 무린이 씨익 하고 웃었다.

"에이, 너무 걱정하지 마."

"걱정이 아니 될 수 있겠습니까? 사람의 인연처럼 무서운 것이 없음을 아실 터인데……."

"참나. 고리타분하게 왜 그래."

"소공께서 짊어진 자부일맥의 업(業)은 참으로도 감당키 어려운 것입니다. 주공의 일만 보아도 그것은……."

"그만!"

무린의 음성이 어느 순간 딱딱하게 초노의 음성을 막았다.

잠시간 세상이 멎어 버린 듯한 적막감이 무린의 주위를 휘감았다.

하나 그 적막감은 다시금 무린의 밝은 음성과 함께 흐트러졌다.

"걱정 마! 나는 아버지처럼 그렇게 살진 않을 거니까. 사람처럼 살 수 있을 때까진 적어도 그렇게 살고 싶어. 알지?"

허공을 향해 어딘지 쓸쓸하게 울리는 무린의 음성에 다시금 노인의 음성이 화답했다.

"노신은 그저 소공을 따를 뿐입니다."

"그래, 그러자고. 그런 의미에서 신강이나 다녀오라니까. 가서 비동에서 영단 하나만 꺼내다 줘. 연후 녀석 줘야 한단 말이야."

"소공! 아니 될 말씀이십니다."

"아이참! 여기 뭐 걱정할 일이 있다고……."

"노신은 소공의 그림자입니다. 지금의 소공께선 범인이나 다름없는 힘을 지니셨거늘, 어찌 곁을 비우겠습니까."

"아이고. 그놈의 걱정은. 단목세가 소가주랑 있는데 뭘 그렇게 걱정하는 거야. 강이 호위라는 그 사람 꽤 한다며?"

"그래도 아니 됩니다. 아무리 노신이라도 신강까지 족히 서너 달은 걸리옵니다. 어찌 그간 아무 일도 없다 장담하겠습니까? 더군다나 요 근자 수상한 녀석들이 더욱 늘어 매화촌 주위로 얼쩡거리옵니다."

"별거 아니라며. 그러면 소림에 가서 대환단이라도 훔쳐 와."

"소공!"

"진짜, 이러기야? 처음 사귄 친구를 위해 그까짓 삼십 년 공력도 못 만들어 준단 말이야?"

"흘흘흘흘…… . 그것이 말처럼 쉬운 일은 아니옵니다."

"뭐가 그렇게 복잡해! 하여간 난 이미 명령했어. 알지? 나 어지간하면 잘 안 삐치는 거?"

"하여간 소공의 고집을 누가 당하겠습니까? 정히 그러신다 하시니 노신이 방법을 찾아보겠습니다."

"그래. 이왕이면 대환단이 좋지만, 자소단이나 매화신단 같은 걸로 구해다 줘도 괜찮아."

"흘흘흘…… . 참으로 말은 쉽습니다. 그게 어디…… ."

"에이 참! 초노잖아. 그깟 일이 뭐 어렵겠어. 아버지 눈도 피해 몰래 나다닐 수 있는 유일한 사람이 초노인데."

"흘흘흘흘…… . 알면서도 봐주신 게지요. 천하에 주공의 그림자를 벗어날 수 있는 인물은 없사옵니다. 다만 주공께서 그만큼 소공을 어여삐 보아 주시니 노신도 눈감아 주신 게지요."

*　　　　*　　　　*

"오랜만에 뵈옵니다, 어르신. 그간 강녕하셨사옵니까?"

유한승의 처소 안에서 울리는 중후한 음성, 입을 여는 사내는 흡사 사천왕의 현신을 보는 듯한 우람한 체구의 중년인이었다.

그를 보는 유한승의 눈빛에는 형용할 수 없는 감정들이 교차하고 있었다.

"어찌 그동안 이렇게 소원하였는가? 내 자네라도 찾아주길 얼마나 기다렸는데……."

"송구하옵니다. 제 앞가림 때문에 이렇게 불민한 모습을 보이고 말았습니다."

"무슨 소릴. 내 자넬 타박하자고 한 소리가 아닐세. 그나저나 그놈은……."

"죄송합니다. 백방으로 찾아보았으나 행적이 묘연하기만 합니다."

"아닐세. 내 욕심에 마음만 앞선 모양일세. 자네가 누구보다 애쓰고 있음을 어찌 모르겠는가?"

유한승의 음성이 나직하게 이어지자 중년인도 한동안 아무런 말도 꺼내지 않았다.

잠시 두 사람 사이에 침묵이 감돌았다.

"연후는 어떻습니까? 이제 꽤 컸겠군요."

"궁금하긴 한 것인가? 백부 된다 하는 자네가 너무도 무심하였네. 그 아이 세 살 때 잠시 들렀던 것이 마지막이지 않았던가?"

유한승은 진정 섭섭하다는 표정이었고 그 앞의 장년인은 또다시 송구스럽다는 얼굴이었다.

"뭐라 드릴 말씀이 없습니다."

"허허허허, 사람. 내 면박을 주려고 한 말이 아닐세. 그 아이, 벌써 혼처가 들어올 정도의 나이라네."

"혼처라니요? 그렇게나 컸습니까?"

"곧 열여덟이네. 그만하면 성혼할 나이가 되었지."

"아직은 어린 나이입니다. 좀 더 곁에 두고 가르쳐 주셔야지요. 기문 아우의 피를 받았으니 분명 크나큰 재목이 될 것입니다."

"그렇지. 하나 그 총명이 과하기만 하니 모든 일들이 뜻한 데로만 흘러가는 것은 아니란 말이지……."

왠지 허허롭게 이어지는 노학사 유한승의 말에 중년인이 조심스럽게 반문했다.

"혹여, 연후 때문에 무슨 근심이 있으신지요?"

"근심은 무슨……. 다 이 늙은이가 부족한 탓이지……."

"저를 남이라 여기지 마시고 말씀이나 해 보시지요. 혹여 도움이 될 수도 있지 않겠습니까?"

중년인은 유한승의 음성에 실린 시름을 어느 정도 눈치 채고 있는 듯 보였다.

"아닐세, 오랜만에 찾아온 자네에게 어찌 집안의 근심을 전하겠는가? 편히 머물다 가게나."

"어르신. 섭섭합니다. 저는 어르신과 연후를 남이라 여기지 않는데, 졸지에 외인이 되어 버린 것 같습니다."

"어허! 그런 뜻이 아닐세."

"하면 말씀해 주십시오. 잠시 머무는 동안이나마 도움이 되고 싶습니다."

"사람도 참…… 그렇게까지 나오니 할 수 없구만. 사실 요 근래 연후 때문에 두 가지 근심이 있다네."

"……."

"녀석이 꼭 제 아비처럼 밖으로 나돌 조짐이 보이는 것이야. 잡서 따월 들춰 대더니 출가하겠다 하여 그 근심이 헤아릴 길이 없다네."

유한승의 말에 중년인의 표정이 꽤나 놀란 듯 변했다.

"출가라니요? 설마 도사나 중이 되겠다는……."

"왜 아니겠는가? 무공을 익히겠다 하는데, 어찌어찌 붙잡아 두긴 하였으나 제 아비처럼 훌쩍 떠나는 것은 아닌가 매일 근심이 이만저만이 아닐세."

유한승의 깊은 시름이 담긴 음성에 중년 사내는 더욱 그 눈빛이 흔들렸다. 그러면서도 무언가를 짐작하겠다는 듯 나직하게 고개를 끄덕였다.

'역시 피는 속일 수 없다는 것인가…….'

사내의 눈길이 그렇게 더없이 깊어져 갈 때 다시 한 번 유한승의 음성이 이어졌다.

"사실 그보다 더 큰 문제가 있다네."

조금 전보다 더욱 굳어진 유한승의 음성에 중년 사내의

눈빛이 흔들렸다.

심상치 않은 분위기를 느낀 탓이었다.

"사실 며칠 전 황궁에서 사람이 다녀갔다네. 연후의 성혼 문제로……."

"황궁에서 사람이요?"

"황제 폐하의 어전 밀사라네. 연후를 부마도위로 삼을 생각이시라는구먼."

"넷?"

"성상께서 총애하시는 자운 공주님의 배필로 연후를 낙점한 것일세."

유한승의 시름이 담긴 음성, 마주한 사내가 고개를 갸웃거렸다.

"하면 큰 경사라 할 수 있는 일 아닙니까? 세상에 그보다 더한 혼처가 어디겠습니까?"

"허허허허, 자네에게 어찌 황궁의 일을 다 설명하겠는가? 그저 시기가 좋지 않을 따름이네."

유한승의 나직한 음성에 더없이 짙은 그늘이 드리워졌다. 그러자 앞서 앉은 사내가 나직한 음성을 내뱉었다.

"무슨 일인지 그 내막은 모르겠으나 너무 심려치 마시옵소서. 제가 당분간 연후 곁에 머물겠습니다."

"그게 정말인가?"

"제 부족함으로 연후가 제 아버지의 얼굴조차 보지 못

하고 자라게 되었는데 이제라도 백부 노릇을 좀 하고 싶습니다."

중년 사내의 음성이 그렇게 이어지자 유한승의 얼굴에도 그제야 환한 미소가 피어났다.

*　　　　*　　　　*

"정녕 도왕(刀王)이란 말입니까?"

"틀림없습니다. 소가주. 틀림없는 도왕 금도산입니다."

"대관절 그가 왜 유가장엘⋯⋯."

"하인들의 말로는 유 공자의 부친과 의형제 간이라 들었습니다."

"이런 공교로운 일이. 이미 죽었다던 그가 어찌⋯⋯."

"화산파야 매화검수대가 몰살당했고 도왕의 종적이 없어졌으니 그렇게 둘러대야만 했겠지요. 실상 누구도 그의 죽음을 확인하진 못했습니다."

"하면 어찌해야 합니까?"

"그는 구정회(九正會)의 살생부 첫 머리에 올라 있던 자입니다. 자칫 괜한 일에 연루될 수도 있으니 먼저 가주님께 보고해야 할 듯합니다."

"아버님께요? 그럼 어찌 됩니까?"

"그건 제가 판단할 문제는 아닌 듯합니다. 본가와 구정회가 대립하는 관계도 아니고, 오수련(五首聯) 쪽도 도왕과는 별 마찰이 없는 것으로 알고 있습니다. 다만 괜한 일로 빌미를 제공하진 않을까 하는…….”

“빌미라니요?”

“구정회나 오수련은 늘 본가를 눈엣가시처럼 여깁니다. 자칫 도왕과 잘못 엮이기라도 하면 충분히 본가를 핍박할 빌미를 제공하는 것이지요.”

“휴, 어렵습니다. 자칫 유가장에도 그 화가 미칠 수 있습니까?”

“대놓고야 어려울 것입니다. 여기 장주님의 힘은 소가주님이나 제가 생각하는 이상입니다. 이숙께서도 유가장에 있다 하니 걱정하지 않는다 하시더군요.”

“……”

“그래도 꽤나 조심해야 할 듯합니다. 화산파와 도왕의 원한을 생각하다면 무슨 일이 벌어져도 이상할 것이 없으니까요.”

연이어진 음자대의 대주 암천의 말에 단목강의 얼굴은 더욱더 어두워질 수밖에 없었다.

*　　　　*　　　　*

자금성 깊숙한 곳 어딘가에서 나직한 음성이 흘러나왔

다.

"그래, 알아보았는고?"

여인의 그것처럼 가늘긴 하되 늙은 노인의 목소리처럼 끝이 갈라지는 소름 끼치는 음성이었다.

그 음성의 주인은 침상에 반라의 몸으로 누워 있었다.

흡사 인골을 보는 듯한 창백한 얼굴에 새빨간 입술을 그려 넣은 늙은 환관, 그 앞에 부복하여 엎드린 이는 그를 향해 감히 고개조차 들지 못했다.

"곧 황상의 어지가 내려질 것 같사옵니다."

바닥에 납작 엎드린 채 입을 여는 사내의 음성에 환관의 붉은 입술이 씰룩였다.

"귀찮은 것들. 자운 고 계집을 이용해 유가장을 끌어들여 조정을 흔들어 보겠단 심산이로구나."

"망극하옵니다. 공공."

"하면 어찌해야 함이 좋을꼬?"

"신이 무엇을 알겠나이까? 오직 공공의 뜻을 행할 뿐입니다."

"동창의 대영반이란 놈이 숟가락을 입에 처넣어 줘야 밥을 먹는가?"

환관의 음성이 날카롭게 변하자 엎드린 이가 몸을 바르르 떨었다.

"은밀히 처리하겠나이다."

"멍청한지고. 그래 봐야 누가 했는지 모르겠는고? 조용하긴 글렀어."

"하면……."

"멸절. 입 무거운 아이들 추려서 모조리 없애고 적당한 마적 떼 하나 수소문해서 뒤집어씌워라."

"그리하다 자칫 더 큰……."

"본때를 보여 줄 필요가 있도다. 감히 내게 대항하는 자들이 어찌 되는지를……. 개미 새끼 하나 없는 멸절이다. 음히히히히히힛."

"공공! 명을 받드옵니다."

第五章

도왕 금도산

강호상의 지고한 무학의 끝은 결국 삼문 중 하나를 극으로 깨우치는 것에 지나지 않는다.

　도마 노인의 심령(心靈)이 그러하며 마군의 뇌령(雷靈) 또한 그러하다.

　또한 마존의 화령(火靈) 또한 그러하며 사질이 얻은 귀령(鬼靈) 또한 그러하니 본좌가 창안한 것을 광령(光靈)이라 이름 붙였다.

　하나 기존의 무학들이 단지 삼문 중 한 곳을 천인의 경지에 이르도록 하는 것과 달리 본좌의 광령은 상중하의 삼문을 일기관통하니 그야말로 고금무적 광세무적이라 할 수 있는 것이다.

누누이 말하지만 연자는 본좌의 말을 추호도 의심치 말아야 할 것이다.

이 광령을 얻기 위해 반드시 필요한 것이 바로 광안이며, 광안을 얻기 위해 빛의 흐름을 보아야만 하느니 천광류를 보는 것, 그것이 바로 모든 수련의 시작이니라.

"내가 네 아비의 의형이다."

자기보다 머리 하나는 커 보이는 중년 사내의 말에 연후는 꽤나 당황한 얼굴이었다.

때마침 조부 유한승이 그런 연후를 질책했다.

"백부께 인사드리지 않고 뭐 하는 것이냐?"

"연후라 하옵니다."

두 손을 공손히 말아 쥔 연후가 다시 한 번 사내를 바라보았다.

커다란 덩치에 어울릴 법한 부리부리한 눈매, 등에 매어진 커다란 도갑, 거기에 비어 있는 왼팔의 옷소매까지 왠지 모르게 위축감이 들 수밖에 없는 외모였다.

아무리 아버지와 의형제라 해도 생전 처음 접하는 낯선 무인의 모습에 저도 모르게 경계심만 일었다.

하나 눈앞의 사내는 그런 연후를 향해 호쾌한 웃음을 터트렸다.

"하하하하! 녀석, 금도산이라 한다. 앞으로 금 백부라 부르면 될 것이다."

"네……."

연후의 자신 없는 음성에도 불구하고 금도산의 입가에 걸린 미소는 더욱 환해졌다.

"왜? 산적처럼 생겨서 겁부터 먹은 게냐?"

"아니옵니다. 어찌 제가 감히 백부님을 그런 무도한 이들과 비교하겠습니까."

금도산의 농에 연후가 화들짝 놀라 황급히 대답했다. 하나 금도산이란 사내는 다시 한 번 웃음을 터트렸다.

"하하하하, 네 부친을 만나지 않았다면 그보다 더한 짓도 하며 살았을 것이다. 네 부친은 내게 그만큼이나 고마운 사람이니라."

금도산의 거리낄 것 없는 음성에 연후는 크게 놀랄 수밖에 없었다.

산적질보다 더 나쁜 짓이라는 게 무엇인지 모르겠으나 그런 말을 아무렇지도 않게 하는 그 모습은 그 낯선 외모만큼이나 생경하기만 했다.

거기에 무엇을 하고 사는지, 또 왜 자신을 버리고 떠났는지도 전혀 알지 못하는 부친의 과거를 언급하니 수많은 생각이 떠올라 연후의 머릿속은 어지럽기만 했다.

그때 다시 조부 유한승의 음성이 나직하게 이어졌다.

"네 아비 대신 북경으로 젖동냥을 다니며 널 키워 주신

분이니 대함에 있어 소홀함이 없도록 하거라."

유한승의 말에 연후는 다시 한 번 놀란 눈빛이었다.

사실 조부에게 아버지에 관한 이야길 들은 것은 거의 없었다. 거기다 기억이 떠오르던 어린 시절엔 이미 부친 유기문은 유가장에 없었다.

단지 노복들을 통해 부친이 꽤나 난사람이란 말을 들은 것이 아버지에 대해 아는 전부였다.

오대조 유원학에 비견되는 문재 말고도 다방면으로 재주가 뛰어났으며, 사람됨이 어질고 자상하여 유가장의 종복들마저 조부보다 더욱 따랐다는 것이 아버지에 대한 이야기였다.

하나 그런 것들이야 모시는 장원의 소장주기에 의례히 하는 말들일 것이라고 치부했던 것이 사실이었다.

물론 솔직한 심정으로야 궁금하기도 하고 한 번쯤 보고 싶기도 하였으나, 그런 내색을 하였다간 조부의 불호령이 떨어지니 애써 그런 감정들을 억누르며 살아왔다.

한데 눈앞의 백부라는 사내를 대하자 이제껏 참아 왔던 감정들이 한꺼번에 솟구쳐 오르는 묘한 기분에 휩싸였다.

그렇다 해도 몸에 배인 수양이 남다른 연후인지라 차분한 신색을 유지할 수 있었다.

"연후가 금 백부께 다시 한 번 감사하단 말씀드립니다."

연후가 공손하게 예를 표하는 그 순간 금도산의 눈빛이 잠시간 깊게 가라앉았다.

그러고는 유한승을 향해 조심스레 입을 열었다.

"어르신! 잠시 연후와 시간을 보내도 될런지요?"

"아니 될 이유가 있겠는가? 이 늙은이야 자식 놈에게 쌓인 원이 많은지라 기문이 이야기를 꺼내지 않았다네. 하니 자네가 그놈 이야기를 좀 해 주게나. 어찌 되었든 이 아이를 세상에 있게 해 준 녀석이 아닌가."

유한승의 회한 섞인 음성에 금도산이 나직하게 고개를 끄덕였다.

그 역시 유한승의 성격을 알고 있는지라 연후가 어찌 자라왔을지 짐작이 된다는 눈치였다.

"궁금한 것이 많을 것이다. 의제를 이야기하자면 밤을 새워도 모자랄 것이니…… 자리를 옮기자꾸나."

금도산이 일어서며 다시 한 번 유한승에게 예를 표한 뒤 걸어 나갔다.

앉아 있을 때보다 더욱더 위압감을 풍기는 덩치에 또 한 번 놀란 눈이 된 연후.

그 시선이 다시 비어 있는 금도산의 왼팔 옷소매와 등 뒤에 매달린 엄청난 크기의 대도를 향했다가 점차 차분하게 가라앉았다.

아버지의 이야기도 궁금했으나 눈앞에 이 백부라는 사

내 또한 그 사연이 적지 않을 것 같다는 막연한 느낌이 연후의 머릿속을 스쳐 가고 있었다.

*　　　　*　　　　*

"도왕과 화산이 어찌하여 그렇게나 대립하게 된 것입니까?"

"도왕의 부친 만력부(萬力斧) 금악원 때문입니다."

"만력부라니요? 처음 듣는 별호입니다."

"그럴 것입니다. 벌써 수십 년 전이기도 하고 잠시 섬서 땅을 흔들었던 자그마한 사건일 뿐이니까요."

"하면 대주는 어찌하여 그런 걸 알고 있습니까?"

"크게 알려진 일은 아니나 충분히 주목할 만한 일이기도 했습니다. 신검(神劍)이 세상에 처음 모습을 드러낸 시절의 일이니까요."

"신검이라시면!"

"그러하옵니다. 당대 화산의 장문인이자 천중십좌(天中十座)의 한 자리를 차지하고 있는 그 신검이 매화검수로 있던 시절의 이야기입니다."

"그러니까 더욱 궁금하군요. 아버님과 곧잘 비견되는 정 장문인이라면……."

"만력부는 대부를 귀신처럼 다루며 역발산기개세의 힘

을 지녔다고 알려진 고수였습니다. 물론 소문이지만 그가 수백 년 전 사라진 녹림왕의 절기를 이었다고 할 정도였으니까요."

"녹림왕이 실존하긴 했던 것입니까?"

"그저 산군들 사이에서 내려오는 전설일 뿐입니다. 금마부란 신물이 나타나면 녹림대종사가 난다는 조금은 허황되기도 한 이야기지요. 당연히 만력부에게 그런 신물이 있었을 리 없습니다."

"하면 신검과는 왜?"

"늘 발생하는 사소한 시비였습니다. 화산 문하의 제자 몇이 도끼 따위를 쓴다고 만력부에게 시비를 걸었던 것이지요. 당연하게도 생사투로 다져진 만력부에게 박살이 날 수밖에 없었지요. 그때만 해도 사건이 그리 커질 줄은 몰랐을 것입니다."

"하면 그 뒤에 신검이 나섰다는 말씀이십니까?"

"아닙니다. 신검은 당시에도 그 젊은 나이에 매화검수의 수장이었으니 나설 이유가 없었을 것입니다. 화산에서 일대제자 한 명을 내보냈던 것이 전부입니다. 그렇다고 해도 그 무렵 금악원의 명성으로 치자면 과한 처사라고 화산을 욕했을 정도였으니까요. 그 둘의 비무가 당시 섬서 땅을 술렁이게 만들었다 합니다."

"결과가 어떻기에?"

"삼 초 만에 만력부가 일대제자의 검을 부숴 놓았지요. 그가 녹림왕의 절기를 이었다는 소문은 그 후부터 퍼진 것입니다. 그리고 사실 그 소문은 화산 쪽에서 냈을 가능성이 농후합니다."

"어째서?"

"일대제자가 당했으니 체면이 구겨졌고, 그걸 갚자면 매화검수나 장로급 인물이 나서야 하는데 그런 꼴이 되면 화산이 더욱 우스워진다 여긴 것이지요. 누가 뭐라 해도 화산파가 아니겠습니까?"

"하면 명분을 만들기 위해서?"

"그렇습니다. 비무 따위가 아닌 강호의 혼란을 막기 위해서라는 명분이었지요. 그리고 매화검수장 정사휘가 그 금악원의 목을 베어 섬서 땅에 내건 일로 만력부의 일은 세상에서 지워졌던 것이지요."

"그런 간악한. 어찌 대화산이란 이름을 지니고 그런 무도한 짓을!"

"당시 시절이 좋지 않았던 것입니다. 지금이야 구정회로 뭉쳤지만 그때만 해도 구파 간의 알력이 상당하던 시절이라 강호의 소문을 무척이나 신경 쓸 수밖에 없었을 것입니다."

"믿을 수가 없습니다. 신검 정 장문인이 정말로 그런 일을……."

"가주님과 비견된다 하여 모두가 가주님처럼 대인대덕할 수는 없는 법입니다. 더구나 신검이 지금의 자리에 오른 것도 따지고 보면 도왕 때문이랍니다. 그의 복수가 시작되었을 때 화산은 그야말로 이제껏 다시없을 혼란에 빠져들었지요……."

*   *   *

금도산과 별원으로 자리를 옮긴 후 시비가 차를 내올 때까지 두 사람은 별다른 말이 없었다.

찻잔이 식어 가는 것을 손끝으로 느끼고 있는 연후와 그런 연후를 그윽한 눈길로 바라보는 금도산의 시선이 있을 뿐이었다.

그렇게 한참이나 조용하던 시간을 깬 것은 금도산의 음성이었다.

"보면 볼수록 의제보단 제수씨를 닮았구나."

전혀 뜻하지 않은 금도산의 말에 연후의 눈빛이 크게 흔들렸다.

어머니에 관해선 조부조차 전혀 아는 것이 없다고 들었는데 그런 이야길 금도산을 통해 들었으니 정말로 놀랄 수밖에 없는 상황이었다.

연후가 눈을 동그랗게 뜨자 금도산이 그제야 입가에 미

소를 지었다.

"녀석, 궁금한 것이 있긴 한가 보구나."

웃음기 서린 금도산의 편잔에 연후가 조심스레 답했다.

"송구합니다. 워낙 경황이 없는 터에 백부님을 뵌 것이라 무어라 여쭙기도 어렵습니다."

"그럴 것이다. 여기 한동안 머물 것이니 차츰 서로를 알아 가도록 하자꾸나."

금도산의 중후한 음성과 따스한 눈빛에 연후도 조금은 마음 한구석이 편안해진 기분이었다.

그 눈빛과 음성만 보아도 그가 부친을 생각하는 마음을 조금이나마 느낄 수가 있었다.

"하고 싶은 이야기가 참으로 많구나. 또한 네게 들려주어야 할 이야기도 제법 되느니라. 하나 그 이야기가 결코 가볍지 않으니 네 스스로 판단할 나이가 되기 전까지 널 찾을 수가 없었단다."

금도산이 식어 버린 찻잔을 입가에 가져다 대며 잠시 말을 멈추자 연후가 조심스레 입을 열었다.

"며칠 머문다 하셨으니 천천히 듣겠습니다. 우선 식사부터 준비시키겠습니다."

연후의 음성에 금도산이 나직하게 반문했다.

"궁금한 것이 많을 터인데, 괜찮겠느냐?"

"백부께서 오시지 않았다면 영영 모르고 지냈을 일, 며칠 더 늦게 안다고 무엇이 달라지겠습니까?"

연후의 대답에 금도산은 갑작스레 대소를 터트렸다.

"하하하하하, 정녕 피는 못 속인다 하더니. 어쩌면 말하는 품새는 네 아비와 똑같구나."

금도산의 웃음기 넘치는 음성에 연후가 다시금 의문 가득한 눈길이었다.

대관절 무엇을 닮았기에 그러하십니까 하는 눈빛.

"네 아비도 꼭 그러했느니라. 자신보다 남을 먼저 배려할 줄 알던 이였느니라. 또한 이 백부의 목숨을 구해 준 더할 나위 없는 은인이기도 하고…… . 식사는 되었으니 우선은 나와 의제의 연이 어찌 시작되었는지부터 들려주고 싶구나."

금도산이 남은 찻잔을 단숨에 비워 냈다.

연후 또한 조금은 긴장한 눈빛으로 금도산의 입이 열리기를 기다렸다.

아버지란 이름, 딱히 못 견디게 그립거나 버리고 떠났다 하여 그다지 원망해 본 적도 없었다.

그분 또한 그분의 삶을 살아갈 이유가 있었을 것이란 생각이었을 뿐이었다.

그러나 이제 금도산을 마주하고 부친뿐 아니라 어머니에 관한 이야기마저 알 수 있다 하니, 마음 한구석 어딘가에서 쿵쿵거리는 소리가 들려오는 것만 같았다.

그 즈음 금도산의 나직한 이야기가 흘러나오기 시작했다.

"이 백부는 너나 네 아비와 달리 강호무림이란 곳에서 나고 자란 사람이니라. 또한 죽은 부친의 복수를 위해 평생을 보내야 할 원을 지닌 사람이었다. 선친의 목이 간악한 무리들에 효수되어 저자에 내걸린 것을 본 것이 내 나이 고작 여덟 살 때의 일이었단다……."

*   *   *

"도왕이 매화팔절 중 다섯을 단신으로 도륙했을 때 강호는 경악할 수밖에 없었습니다. 그 한 명 한 명이 화산의 중흥을 이끌었다 할 정도의 대단한 이들이 매화팔절이란 이름이었으니까요. 지금의 화산육선이라 불리는 장로들의 사승이 바로 그들에게서 이어진 것입니다. 또한 그 팔절이 한마음으로 키워 낸 이가 바로 지금의 신검이지요."

"아……."

암천의 말에 단목강은 저도 모르게 탄성을 내뱉었다.

화산육선이라면 신검에 비견될 정도의 명숙들이었다. 그 한 명 한 명의 무게가 결코 가벼운 이름이 아닌 이들. 그런 이들을 키워 내고 지금의 신검을 있게 한 이들이라면 결코 화산육선의 무위보다 낮을 수 없음이 틀림없었다.

그런 이들 다섯을 단신으로 베었다 하니 그가 어째서 도왕으로 불릴 수 있는지 새삼 이해되었다.

"도왕은 치밀한 준비를 했던 자입니다. 화산에 앞서 소림과 무당을 찾아가 자신의 무위를 입증했으며 그 자격을 얻어 매화팔절을 불러내었지요. 구름처럼 많은 이들이 그 행보를 따랐으며, 강호는 신진 고수의 출현에 들썩일 수밖에 없었습니다. 그의 비무행이 어디까지 이어질지 모두가 흥분하여 그 뒤를 따랐던 것이지요."

암천의 이어지는 말에 단목강은 나직하게 고개를 끄덕였다.

도왕이 그 명성을 얻게 된 계기가 나한당주이자 소림제일승으로 불리는 능강대사와의 비무에서 동수를 이루었기 때문임을 알고 있었기 때문이었다.

강호에 뜻을 두지 않아서 그렇지 능강대사의 무위는 천중십좌와 견주어도 그 무게가 떨어지지 않는 인물이니 강호가 놀라 뒤집힌 것은 당연한 일이었던 것이다.

"하지만 섬서 땅에서 보인 도왕의 손속은 소림과 무당에서와는 전혀 달랐습니다. 비무대 위의 노도인은 매순간 급박한 위기에 처했고, 결국 보다 못한 다른 매화팔절이 도왕을 합공한 것이지요."

"저런!"

"하나, 그것이 금도산의 계책이었음을 어찌 알았겠습니까? 기다렸다는 듯 금도산의 도가 비무대 위로 올라선 다섯을 참혹하게 베어 버린 것입니다. 그때까지만 해도 그가 만력부의 아들이란 것을 아는 이가 아무도 없었습니다. 그리고 그 일이 있은 직후 도왕은 그 자리에 모인 수많은 이들을 향해 소리쳤다 합니다."

"화산파야! 참으로 비겁하구나. 나는 이 자리에 꿈쩍도 않을 것이니 누구라도 자신 있는 자 비무대 위로 올라와 내 목을 베어 가라."

암천이 마치 그때 그 자리에 있었다는 듯 누군가의 음성을 흉내 내어 말하자 단목강은 온몸으로 오한이 스미는 기분이었다.

아무리 일신의 무공이 대단하며 부친에 대한 복수심이 가득하다지만, 과연 화산파를 상대로 홀로 그 같은 공언을 내뱉을 수 있을까 하는 마음인 것이다.

"하면 그 후 어찌 되었습니까? 정당한 비무였다면 도왕이 칠패(七悖)로 불리게 될 이유가 없지 않습니까?

"소가주님. 강호의 명분이란 힘 있는 자들에게 있는 법입니다. 만력부를 녹림종사로 둔갑시킨 화산이 금도산의 의도대로 했겠습니까? 또한 화산이 바보가 아닌 이상 금도산의 정체를 알아채지 못할 이유가 없었지요."

"하면 또다시 치졸한 짓을?"

"한데 그것이 조금 애매합니다. 전혀 의외의 소문이 돌기 시작했고 화산뿐 아니라 소림이나 무당에서도 한목소리를 내기 시작했으니까요. 금도산이 마존의 도법을 이었다며……."

"마존이면 설마? 염왕도제(閻王刀帝) 단리극의!"

"물론 소문일 따름입니다. 세월의 격차가 너무나 크고 환우오천존의 절기들이야 그저 전설일 따름이니 확인할 방법이 마땅치 않습니다. 그렇다고 해도 그들이라면 치를 떠는 것이 구정회 아니겠습니까?"

"하면 단지 무공의 연원 때문에 또다시 다수로 도왕을 핍박했단 말입니까?"

단목강이 저도 모르게 분노한 음성을 내뱉었다.

스스로 정파라 칭하며 바른길을 걷는다는 이들이 어찌 그런 치졸한 짓을 벌였는지 도저히 참기 힘들다는 눈빛이었다.

환우오천존의 비사가 지다성(智多星)에 의해 낱낱이 밝혀진 후 누구도 그들을 마도라 칭하지 않게 되었음을 알게 되었다.

과거에는 모두 마도라 칭해지지 않고는 이해할 수 없었

던 터무니없이 강한 존재들이 바로 환우오천존이다.

하나 비사를 알았다고 해서 그들과의 해묵은 은원이 풀리기는 요원한 일, 구정회로 대변되는 구대문파나 명문 정파들에게 환우오천존은 그야말로 끔찍한 과거의 기록이었다.

한데 도왕을 그런 과거의 원한과 무공의 연원만으로 궁지로 몰았다 하니 단목강은 가슴속이 들끓는 기분이었다.

한데 들려온 암천의 대답은 전혀 의외였다.

"아닙니다. 도왕 금도산이 먼저 약속을 지키지 못했습니다. 그 자리를 지키겠다고 호언장담했던 것과 달리 화산에서 신검이 내려오기 전날 밤 갑작스레 도주해 버린 것입니다."

"네에?"

"그것이 아직까지도 가장 큰 의문입니다. 그때만 해도 감히 화산에서 누가 도왕을 상대할 수 있을까 했건만……. 신검은 당시만 해도 그저 매화검수의 수장이었을 뿐입니다. 그 후 도왕을 뒤쫓는 과정에서 도왕과 만력부의 일이 밝혀졌고, 도왕은 명분마저 전부 잃게 되었습니다. 이전까지 단신으로 화산을 상대하던 영웅지재였는데 하루아침에 사사로운 복수를 위해 음모를 꾸민 인물이 되고 만 것이지요. 결국은 구정회가 화산의 손을 들어 주었고, 그는 도주자 신세를 면할 길이 없었습니다."

　암천의 씁쓸한 음성이 이어지자 단목강은 저도 모르게 고개를 끄덕일 수밖에 없었다.

　마음 한편으로는 금도산이 이해되기도 했지만, 결국 그가 칠패 중 하나로 불리게 된 이유 또한 납득할 수 있었다.

　처음부터 당당히 부친과의 일을 밝혔다면 그리 되진 않았을 것이다.

　하지만 금도산으로서도 어쩔 수 없는 선택이었을 것이란 생각이 들었다.

　그 사실을 알게 된 화산이 순순히 비무 같은 것에 응할 리 없음은 당연한 일이 아니겠는가.

　또한 아무리 부친의 복수를 위해서라지만 거짓으로 수많은 강호인들을 기만하였으니 응당 명분이 떠날 수밖에 없는 일, 그런 상황 속에 놓인 도왕의 마음을 조금이나마 이해할 수 있을 것 같은 기분이기에 단목강의 마음은 더없이 무거워졌다.

　"그 무렵 금도산의 팔이 신검에게 잘렸다는 소문이 돌았지요. 정사휘란 이름이 제대로 퍼진 것은 그 일 때문이었습니다. 결국 도왕과 화산파와의 쫓고 쫓기는 기나긴 여정이 끝나고 매화검수들을 모두 잃은 정사휘만이 화산으로 돌아왔습니다. 그가 스스로 금도산을 베었다 하니 강호도 그리 알게 되었던 것이지요. 그것이 벌써 근 이십 년이 다 되어 가는 금도산의 비사입니다. 또한 단신으로 매화검 수들을 벨 수 있었으니 그는 마땅히 칠패 중 한 자리에 오를 수 있는 무인이 된 것이지요."

*   *   *

"네 아버지를 처음 만났을 때는 죽기 직전의 상태였느니라. 평생 익혀 온 무공조차 완전히 사라지고 팔마저 이리 되었으니 차라리 죽는 것이 나았다고 생각했지. 사실 다시 살아났을 때 남은 힘이 있었다면 그 자리에서 네 아비를 죽였을지도 모른단다."

금도산의 나직한 음성에 연후는 흠칫하며 놀랄 수밖에 없었다.

어떻게 생명의 은인을 향해 그런 생각을 할 수 있는지 도저히 이해할 수 없다는 눈빛이었다.

한데 그런 연후의 반응에 금도산이 다시 웃음을 터트렸다.

"하하하, 그때 날 보던 의제의 눈빛이 꼭 지금의 너처럼 그러했느니라. 나는 그저 복수에 미친 살인귀였을 뿐이지. 하나 그 후 네 아비를 보며 많을 것을 깨달을 수 있었단다."

"대체 무슨 일이 있으셨기에……?"

"다시 눈을 뜬 곳은 청해 끝자락에 있는 화전민 촌락이었다. 사십여 가구들이 초근목피로 근근이 살아가는 그런 곳이었지. 며칠 만에 간신히 거동할 수 있게 된 내가 처음 한 일은 절벽으로 걸어가 그 아래로 몸을 내던진 일이었다."

금도산의 말에 연후가 다시 한 번 놀란 눈이 되었다.

"살아갈 이유가 없었단다. 한데 네 아비가 또다시 날 구해 놓았더구나. 그리고 나뭇가지를 꺾어 오더니 움직이지도 못하는 내 종아리를 한참이나 때리더구나."

그때 일이 선명히 생각나는 듯 금도산은 그 눈가에 인자한 미소가 가득했다.

"세상에 태어나는 것은 다 저마다의 이유가 있는 것이며, 풀뿌리를 캐 먹으면서도 살고자 하는 것이 사람인데, 어찌 금수만도 못하냐 하면서……. 참 매섭게도 때리더구나. 그러고 난 뒤 살아나 줘서 고맙다고 한참이나 내 손을 잡고 펑펑 울더구나."

"네에?"

"물론 처음엔 나도 잘 이해가 되지 않았단다. 하나 점점 지내다 보니 네 아비를 조금씩 이해할 수 있게 되었단다. 생면부지의 남이라 하나 곤궁한 이를 보면 지나치지 못하는 사람이었지……. 또한……."

금도산이 그때의 일을 천천히 이야기하자 연후의 눈빛도 점차 차분하게 가라앉았다.

 어떠한 모습으로도 떠올릴 수 없던 아버지의 형상이 그의 이야기를 들으며 조금씩 그려지고 있는 것이었다.

 그 후로도 금도산은 자신의 부친과 함께 그 이름 없는 화전민 촌락에 한참이나 머물렀다고 했다.

 금도산도 차츰 거동이 가능해졌고 그러면서도 내내 부친이 하는 일을 지켜보며 놀랐다는 것이다.

 부친이 하는 일이란 것은 나무를 베고 황토를 발라 그럴듯한 오두막을 짓는 일이나, 산자락을 헤매며 먹을 수 있는 풀뿌리나 약초 같은 것들을 구해 와 촌락 사람들에게 나눠 주는 일들 따위였다는 것이다.

 "그때만 해도 의제가 유생일 것이라곤 짐작도 못했느니라. 그저 의술을 조금 아는 떠돌이 정도라 여겼지. 한데 네 아비에게서 나오는 지식은 정말로 끝도 없더구나. 가물었을 때 물을 찾는 법이라든지 짐승들을 포획하는 법, 벌을 길러 꿀을 채취하는 일 같은 건 어디에서 들어 보지도 못한 것들이었다. 또한 아픈 증상에 따라 대처하는 법이나 필요할 때 먹을 수 있는 약초 따위를 구분하여 일일이 촌락 사람들에게 가르치는 걸 보고 정말로 크게 놀랄 수밖에 없었단다."

 연후도 금도산의 이야길 들으며 꽤나 놀란 얼굴이었다.

조부가 하는 한탄을 통해 아버지가 잡학에 빠져 집을 나갔다는 이야긴 들었지만, 그런 정도일 것이라곤 생각도 못했던 것이다.

"하나 그런 재주들보다 네 아버지의 더욱 놀라운 점은, 참으로 따스한 마음이었다. 오직 복수심 하나로 살아온 나 같은 놈의 마음조차 부끄러워할 만큼⋯⋯."

연후의 눈빛이 또다시 궁금함이 피어올랐다.

대체 아버지의 무엇이 이 무시무시한 눈빛의 사내를 움직였을까 하는 생각이 든 것이다.

그런 연후의 마음을 읽기라도 했는지 금도산의 입가에 다시 한 번 미소가 지어졌다.

"이제 정말로 궁금하단 얼굴이구나. 하나 의제에 관한 진짜 이야긴 시작도 하지 않았느니라. 세상의 민초들이 네 아비를 무어라 부르는 줄 아느냐?"

"⋯⋯."

"명천대인(明天大人)이니라."

금도산의 음성에 연후는 무언가 잘못 들은 것이 아닌가 하는 표정을 지었다.

"설마?"

연후의 반문에 금도산은 나직이 고개를 끄덕이는 것으로 연후의 짐작이 맞을 것임을 확인해 주었다.

그 순간 연후의 눈빛이 너무나 크게 흔들렸다.

들어 본 적이 있는 이름이었다.

아니 연후뿐 아니라 대륙의 백성들이라면 누구라도 한 번쯤은 그 이름을 들어 보지 않았을 리 없었다.

너무나 어마어마한 사건의 주인공인지라 과연 금도산의 말이 사실일 수 있는지 모르겠단 얼굴이었다.

"그러하니라. 차마 네 아비의 행적을 장주님께 말씀드릴 수 없는 이유기도 하고……. 오늘은 여기까지만 하자꾸나."

금도산이 그렇게 입을 닫아 버리자 연후의 머릿속은 더 없이 복잡해지는 눈빛이었다.

하늘의 밝음을 전하기 위해 천상에서 내려왔다는 선비를 대륙의 백성들은 명천대인이라 불렀다.

그저 사이비 도사 정도라 여길 그 이름을 연후가 알고 있는 것은 그 명천대인이라는 이가 얽힌 크나큰 사건을 알고 있었기 때문이었다.

대륙을 멸망시킬 것이라는 거대한 역병이 운남으로부터 시작하여 강남을 휩쓸던 시절, 그 명천대인이란 인물이 나타나 수많은 사람들을 구하고 홀연히 사라진 사건이 있었다.

하나 단지 그것만이라면 연후가 그 이름을 아직까지도 기억할 리 없었다.

사건은 그 뒤에 벌어졌다. 그 명천대인의 이름이 백성

들 사이에 너무나 드높아지자 조정에서 혹세무민한다 하여 그 죄를 묻겠다 하며 그를 잡아들인 것이다.

한데 그에게 은혜 받은 이들이 그를 구하기 위해 관병과 싸움을 벌이기 시작했으니, 그 일은 다시 수천의 생목숨이 사라지는 민란으로 번졌고 급기야 북경의 황군이 직접 움직이고서야 끝이 났다.

명천대인이란 이는 그때 종적이 홀연히 사라졌는데, 그 후로 모습을 드러낸 적이 없어 죽었다고도 하며 혹자들에겐 신선이 되었다고도 하는 이야기로만 전해질 뿐이었다.

하나 정작 그 후에 벌어진 일이 더욱더 그 명성을 드높게 한 일이었다.

몇 해 뒤 또 한 번 역병이 발발하여 세상에 흉흉함이 깃들었는데 그 대처할 방법이 마땅치 않아 관에서 그 명천대인을 찾기 위해 전국에 방을 내걸게 된 것이다.

하나 그는 다시는 세상에 나오지 않았으며 그 역병으로 수십만에 달하는 생목숨이 날아가게 되자 그것이 명천대인의 분노 때문이라며 명천지한(明天之恨)이란 괴사로 이름 붙여 아직까지도 회자되고 있는 것이다.

그런 사건의 중심에 선 이가 자신의 부친이라 하니 정녕 믿기 힘든 일이었다.

정녕 그가 자신의 부친이라면 유가장에 되돌아오지 못

하는 이유 또한 충분히 이해할 수 있었다.

그런 사실이 알려진다면 결코 유가장의 식솔들 또한 무사하지 못할 것이 자명하기 때문이었다.

연후의 궁금증은 더욱 커질 수밖에 없었다.

하나 그때 이미 금도산은 더 이상 이야기를 할 생각이 없는 듯한 눈빛이었다.

아니 무언가 신경이 거슬리는 듯한 얼굴로 연후를 향해 나직한 음성이 이어졌다.

"묘한 것들이 유가장 안에 머무는구나."

"네에?"

"아니다. 잠시 나가 보아야겠구나."

그렇게 금도산이 나간 후 연후의 머릿속은 너무나 복잡해질 수밖에 없었다.

"휴, 아버지께선 짐작보다 훨씬 무언가를 더 하고 사셨군요."

명천대인이란 아버지의 존재, 이제껏 텅 비어 있던 아버지의 자리에 무거운 무언가가 갑작스럽게 비집고 들어온 기묘한 기분이었다.

*　　　*　　　*

별원 밖으로 나선 금도산의 얼굴은 연후와 있을 때와는

전혀 다른 사람이었다.

전신에서 피어오르기 시작한 기세가 점차로 걷잡을 수 없게 커져 갔다.

그러던 어느 순간 금도산의 눈빛이 번뜩였다.

순식간에 그의 비어 있는 옷소매가 펄럭일 만큼의 광풍이 한 차례 전신을 휘감은 뒤 사방으로 퍼져 갔다.

그 후 믿기 힘든 일이 벌어졌다.

마치 금도산을 중심으로 별원 앞에 태산처럼 거대한 도 한 자루가 치솟아 있는 듯한 형상이 펼쳐진 것이다.

때마침 금도산의 입에서 나직하면서도 강렬한 음성이 터져 나왔다.

"나서라!"

아무도 없는 허공을 향해 흘러나온 음성.

당연한 듯 인적 없는 별원 주위로는 짙은 적막감만 감돌았다.

그때 다시 한 번 금도산의 대성이 터져 나왔다.

"나서라 했다."

또다시 이어진 금도산의 음성에 일순간 별원 담장 주위로 가득하던 초목들이 한꺼번에 우수수 떨렸고, 그제야 별원 담장 위로 갑작스레 시커먼 그림자가 모습을 드러냈다.

슈슛!

공간을 찢고 나타난 듯한 그림자는 흑의로 전신을 둘러싼 날카로운 눈빛의 사내였다.

단목세가 음자대의 대주이자 단목강의 호위인 암천, 그는 그렇게 금도산 앞에 모습을 드러낼 수밖에 없었다.

그는 당황한 눈빛이 역력한 얼굴이었다.

도왕이 강하다는 것이야 알고 있었지만 설마 자신의 기척을 잡아챌 뿐 아니라 무형의 기세만으로 심장을 오그라들게 할 정도라곤 짐작치도 못했던 것이다.

도왕의 전신에서 뿜어진 채 별원 전체를 휘감은 기운은 직접 겪으면서도 정녕 믿기 힘든 기운이었다.

'절대 가주님의 아래가 아니다.'

암천은 그런 생각을 할 수밖에 없었다.

자신의 주군이 얼마나 강한 무인인지 알고 있는 거의 유일한 사내가 바로 암천이었다. 강호엔 그저 천중십좌의 하나로 불리지만 가주의 진실한 무공내력은 환우오천존 중 무제(武帝)에게서 고스란히 이어진 것.

한데 그런 가주조차 눈앞의 이 사내보다 강하다 장담할 수 없을 것만 같았다.

암천은 감히 입을 열지도 못한 채 침중한 눈빛으로 금도산을 쳐다볼 뿐이었다.

한데 금도산의 반응은 암천의 예상과는 또 달랐다.

"나서라 했다. 정녕 피를 보고자 함인가?"

모습을 드러냈건만 또다시 나서라 하다니 암천으로선 어찌해야 할지 참으로 황당하기만 한 순간이었다.

한데 그 순간 예기치 않은 음성이 암천과 반대편 담장 위에서 흘러나왔다.

"흘흘흘흘흘. 내 자네를 너무 쉽게 보았구먼……. 이거 참. 중원에 노부의 기척을 감지할 이가 있다니……."

돌담 안에서 흘러나오는 음성이 점차 뚜렷해지자 암천의 눈빛이 치떨렸다.

때마침 담벼락이 자라나듯 울퉁불퉁해지더니 그 안에서 평범한 마의를 입은 노인 하나가 허허로운 웃음을 지으며 쑥 하고 모습을 드러냈다.

암천으로선 그야말로 소스라치게 놀라게 된 순간이었다.

'하면 내가 아니라. 저 노인 때문에?'

암천의 눈빛이 그렇게 노인을 향하는 순간 금도산의 반응 또한 암천과 크게 다르지 않았다.

마음의 도가 향하여 있음에도 결코 흐트러지지 않는 상대였다.

결코 스스로를 과신하지 않는 금도산이지만 지금이라면 그 누구라도 베어 낼 수 있는 경지에 이르렀음을 의심치 않았다.

한데 세상에 자신의 도를 이렇게 담담하게 마주할 수

있는 존재가 있을 것이라곤 상상도 하지 못했다.

더군다나 그런 존재가 강호와 하등 상관이 없는 유가장 주변에 머물고 있으니 이 사실을 쉬 납득하기 힘들었다.

하나 정작 노인을 대면하자 금도산의 마음은 어느새 차분해졌다.

마음이 먼저 도를 세우고자 할 정도의 상대, 노인의 강함이 당연하다 여긴 것이다.

금도산이 차분한 목소리로 입을 열었다.

"봉공 중 하나인가?"

"헐헐헐헐헐…… 봉공이 무엇인 줄 모르겠으나 헛짚었다네. 그저 주인을 모시는 노복이지. 그나저나, 자네 정말 대단하구먼. 염왕도라니……. 허허허허허."

무린의 가복이라는 초노의 웃음이 그렇게 흘러나오는 순간 금도산의 눈빛은 다시 한 번 크게 치떨릴 수밖에 없었다.

눈앞의 이 노인, 정말로 강했다.

또한 자신의 무공 연원을 너무나도 정확히 짚고 있는 것이다.

"자리를 옮기는 것이 좋겠소."

금도산의 음성은 여전히 차가웠지만 조금 전과 달리 예를 잃지는 않았다.

그런 금도산이 이번엔 암천을 향해 한마디를 더 했다.

"보아하니 이분과는 다른 곳에 적을 둔 듯한데, 자네도 함께 가지. 물을 것이 있네."

암천의 이마로 한 줄기 식은땀이 흘러내리는 순간이었다.

'젠장! 뭐가 이렇게 꼬이는 거야. 저 노인네는 누구고!'

                    *   *   *

금도산이 나간 후 별원에 홀로 남은 연후의 머릿속은 복잡하기만 했다.

예기치 못했던 부친의 과거와 그 행적을 들은 터라 마음의 심란함이 더해 갔다.

"배운 것을 세상을 위해 쓴다 하셨던가……"

연후의 입에서 저도 모르게 나직한 한숨이 흘러나왔다.

마음 한구석에 돌 더미가 들어앉은 느낌.

부모에게 응석이나 부려야 할 나이부터 조부의 엄한 가르침에 따라 학문을 익혔으며 그 시간들을 한 번도 힘겨워한 적이 없는 연후였다.

증조부의 유훈 때문에 그 배우고 익힌 것을 나아가 펼칠 수 없다는 것을 알게 되었을 때도 마음이 허하였으나, 그것만 가지고 결코 누굴 원망해 보지 않았다.

단지 늘 접해 오던 공맹의 가르침을 조금 멀리하며 이 것저것 잡서 따윌 뒤적였던 것이 전부였다.

물론 조부에 대한 반감이나 부친에 대한 원망이 아니 섞였다고는 할 수 없었으나, 오히려 무엇에 얽매이지 않 고 배우니 그 자체로도 언제나 즐겁다 여긴 것이 연후였 다.

한데 이제 부친이 무엇을 하고 살았는지 알게 되고 나 니 스스로 조금은 부끄럽다는 생각이 들지 않을 수 없었 다.

그러면서도 한편으로는 또 다른 반발심이 일었다.

금 백부라는 이는 부친을 참으로 높게 보고 있으나 딱 히 부친처럼 사는 것이 옳다는 생각이 들지 않은 것이 다.

백성을 두루 살피는 것이 아무리 큰 뜻이라 하나 낳아 주신 부모에게 효를 다하는 것 역시나 그만큼의 가치가 있는 일이라는 생각이었다.

물론 요 근자에 스스로도 무공을 익히는 일 때문에 조 부에게 불경하게 대한 것이 사실이지만, 그것은 그저 광해 경이란 책자를 배우고자 하는 열망 때문이었다.

중이 되거나 도사가 되고픈 생각은 눈곱만큼도 없으며, 무인이 되고자 하는 마음 같은 것 역시 생각해 보지도 않 았다.

그저 자신 역시 조부처럼 평생을 보내야 한다는 것을 알기에 소일거리 삼아 무언가를 하나쯤 몰두해 보고 싶은 마음이 컸던 것뿐이었다.

연후는 그저 조부 유한승을 사는 날까지 편안히 모시고, 그동안 스스로도 답답하지 않게 살고자 하는 것이 전부였다.

한데 부친의 이야기를 생각하면 생각할수록 그렇게 사는 것이 과연 옳은 것인가 하는 고민과 대의라는 것을 위해 가족을 저버린 부친을 이해해야 하는가 하는 생각들 때문에 마음이 복잡해질 수밖에 없었다.

군이 수신제가니 가화만사니 하는 자구들을 빗대어 부친의 옳고 그름을 판단하고 싶지는 않았다.

그렇게 연후가 고심에 빠져 있을 무렵 별원의 문이 조심스럽게 열렸다.

"들어가도 되냐?"

문틈으로 혁무린이 고개를 빼꼼히 내밀며 연후를 바라보았다.

연후가 고개를 끄덕이자 무린이 씨익 웃으며 안쪽으로 들어섰다.

"아까 그 사람 누구냐? 굉장히 무시무시한 분위기던데……."

무린이 자못 궁금하다는 표정으로 물어오자 연후가 툭

하고 한마디를 쏘아붙였다.

"넌 뭐 그리 궁금한 것이 그리 많으냐?"

"하하하하! 원래, 사람이 크려면 세상일을 두루 궁금해하고 그래야 하는 것이다. 딱 봐도 엄청 강해 보이는 무인이던데? 대체 누구냐?"

무린이 너스레를 떤 뒤 다시금 묻자 연후가 쌀쌀맞게 대답했다.

"백부님이 된다 하시더라."

"된다 하시더라?"

"그래. 오늘 전까진 전혀 일면식조차 없었던, 아니지 젖떼기 전까지 날 돌봐주셨다더구나."

"오오! 보통 사이가 아니구나. 히야, 대단한데."

무린이 혼자 신난 듯이 목소리를 높이자 연후가 마땅치 않다는 듯 무린을 쳐다보았다.

지난 두 달 사이 많이 익숙해지긴 했지만 여전히 무린과 이런 식의 대화를 할 때면 꼭 몸에 맞지 않은 옷을 입은 듯한 기분이었다.

"대체 뭐가 대단하다고 그리 호들갑을 떠는 거냐?"

연후의 핀잔에 무린이 혀를 차며 입을 열었다.

"쯔쯔쯔! 넌 사람 보는 눈이 없어서 그래. 네 백부라는 분 엄청 고수다. 강이네 세가 사람들도 함부로 하지 못할 만큼 고수일 거다."

전혀 예기치 못한 말에 연후의 얼굴에도 궁금함이 일었
다.

"네가 그걸 어찌 아느냐?"

"척 보면 알지. 고수는 고수를 알아보는 법이거든."

무린이 팔짱까지 끼며 제법 무게를 잡아 보지만 연후의
핀잔은 그치질 않았다.

"실없는 녀석! 그럼 사다인은 고수 중에 왕고수냐?"

꼭 한 달 즈음 전 무린은 괜히 단목강과 사다인 사이에
시비를 붙이려다 봉변을 당해야만 했다.

노한 사다인에게 제대로 면상을 한 대 맞더니 쌍코피가
주르륵 흘러내린 것이다.

물론 그렇다고 해서 절대 기가 죽을 무린은 아니었지만
혹시나 무린이 진짜로 고수일 수도 있겠다고 했던 생각은
산산이 날아가 버렸다.

확실한 것은 빈 수레가 요란하다는 사실이었다.

평소 워낙 자신만만하던 무린인지라 혹여 진짜 숨은 실
력이 있나 하는 마음을 먹었던 것이 어처구니없게 여겨졌
다.

"하하하! 내가 말했지? 난 친구랑은 안 싸워. 내가 진짜
로 하면 아무리 사다인이라도 큰일 나지. 봐준 거야. 그걸
그 녀석도 아는 거지. 그러니까 요새 내가 한마디 하면 꺼
뻑 죽는 척하는 거야."

또다시 이어지는 무린의 말에 연후는 결국 고개를 설레설레 내저을 수밖에 없었다.

막상 때리긴 했으나 맥없이 나가떨어진 무린을 보며 무척이나 황망한 눈빛이던 사다인의 모습이 생각났다.

필경 그 무안함 때문에 더 이상 무린을 응대하지 않는 것이 분명해 보였다.

그런 것을 무린이 정말로 모르는 것인지 모르는 척하는 것인지 알 수가 없었다.

그렇게 연후가 무린을 바라보는 중 밖에서 다시금 기척이 들렸다.

"연후 형님! 소제 강입니다. 들어가도 되겠습니까?"

단목강이 별원으로 찾아온 것이다.

하나 대답은 무린이 했다.

"오! 강이 왔냐? 어서 들어와라."

무린이 반기는 모습을 보니 왠지 오늘도 시끄러운 저녁 시간이 될 것 같아 연후가 슬쩍 자리에서 일어섰다.

머릿속이 복잡하여 혼자 생각을 정리하고 싶은 마음이었다.

한데 단목강이 들어서자마자 전에 없이 심각하게 물었다.

"오늘 찾아오신 분, 형님이나 스승님께 어떤 분이십니까?"

나이는 어리다 하나 생각이 깊고 진중한 단목강의 성정을 아는 터라 백부에 대해 묻는 것이 무린과는 전혀 다른 느낌이었다.

"내게 백부 되신다. 강이 너까지 왜 그러느냐?"

연후가 무린을 슬쩍 한번 쳐다보더니 단목강을 향해 반문하자 단목강 역시 무린을 한번 쳐다본 뒤 조심스레 입을 열었다.

"연후 형님! 외람되오나 소제 결코 다른 뜻이 있어 그러는 것이 아닙니다. 그저 기우이길 바라오나 한 가지 우려되는 것이 있어 망설이다 이렇게 형님을 찾았습니다."

북경행이 있은 후부터 자연스레 호형호제하기로 한 사이였으나 오늘 단목강의 태도는 평소와는 또 다른지라 연후 역시 얼굴이 굳어졌다.

"대체 무엇 때문이냐?"

연후의 음성이 딱딱하게 흘러나오자 단목강이 잠시 주저하다 입을 열었다.

"오늘 찾아오신 분으로 인해 유가장이 자칫 곤경에 처할 수도 있어서입니다."

"백부님 때문에?"

"그렇습니다. 그분께선 강호인들에겐 도왕이란 이름으로 불리시며 또한 칠패라는 이름으로 따로 묶여 회자되기도 합니다."

"칠패? 그게……."

의미를 곰곰이 되새겨 보자니 과히 좋지 못한 별호임을 알 수 있었다.

하나 막연히 칠패라는 것만 가지고 연후가 무엇을 짐작할 수 있는 것은 없었다.

그때 다시 무린이 고갤 갸웃했다.

"우와! 칠패였구나. 그런 거치고 굉장한걸."

무린의 혼잣말 같은 음성에 연후의 눈빛이 곱지 못했다.

아무리 오늘 처음 보았다 하나 자신에게 백부 되는 어른이었다.

친우라면 마땅히 공경해 맞이해도 부족한 판에 그 명호를 함부로 언급하니 마땅치 않을 수밖에 없었다.

그런 연후의 마음을 읽기라도 했는지 무린이 황급히 입을 열었다.

"아! 미안. 다른 뜻이 있어서 그런 게 아니구. 너무 유명하신 분이라 그런 거야. 오해는 말라구. 다들 그냥 그렇게 불러. 쌍성(雙聖)이니 십좌니 칠패니 사기(四奇)니 하며……."

무린이 그렇게 말을 하자 연후는 더욱더 의구심이 가득한 얼굴이었다.

"그게 다 무슨 소리냐?"

"당금 강호에서 제일가는 고수들을 그렇게 부르는 거야. 쌍성, 십좌, 칠패, 사기 이런 순으로…… 네 백부님은 그 칠패 중에서도 도왕이라 부르는 것이고."

무린의 이어진 설명에 연후는 꽤나 놀란 얼굴이었다.

전해 듣기로 강호무림에는 헤아릴 수 없는 기인들이 있고 그중 으뜸가는 이들은 그 능력이 신과 같다 했다.

일권으로 산을 쪼개고 일검으로 대지를 가르며 두 다리로는 하늘을 내달린다 하는 인들. 수천수만 명이라는 강호인들 중 으뜸가는 이들 중에 바로 백부의 존재가 포함되어 있는 것이다.

때마침 단목강이 다시금 조심스럽게 입을 열었다.

"그 칠패라서 문제인 것입니다. 자칫 그분께서 이곳에 있다는 것이 알려진다면 괜한 사건에 말려들 수 있습니다."

"괜한 사건이라니?"

연후의 반문에 단목강이 더욱 침중한 음성으로 대답했다.

"화산파와 도왕 선배께선 불공대천의 원수입니다. 결코 양립할 수 없는 사이입니다."

"화산?"

연후의 음성이 크게 흔들렸다.

동삼에게 듣기로 소림과 화산, 무당은 강호무림에서 그 쌓인 공적이 다른 문파와는 격이 전혀 다르다 했다.

그런 화산파와 백부가 불공대천의 원수라 하니 더욱더 놀랄 수밖에 없었다.

"대체 무슨 일이 있었는지 아는 게 있느냐?"

연후는 이제 부친의 일을 떠나 백부의 과거가 자못 궁금하지 않을 수 없었으며, 그리 되자 단목강이 조심스러운 음성으로 조금 전 암천에게 들었던 이야기를 가감 없이 꺼내 놓기 시작했다.

그렇게 한참이나 이어진 금도산의 사연을 듣는 동안 연후의 손 안에 땀방울이 흥건했다.

'저런 간악한 놈들! 어찌 명예라는 허울 때문에……'

화산파의 행태에 분노하지 않을 수 없었다.

자칫 그런 곳에 몸담아 무공을 배울 뻔했다 하니 소름이 다 끼치는 기분이었다.

하나 백부의 손에 수많은 화산파의 도인들이 죽었다 하니 그 또한 어느 곳이 옳고 그른지 쉬 판단하기 힘들게 되어 버렸다.

마침내 단목강의 이야기를 다 듣게 된 연후는 그제야 백부와 부친이 왜 청해 땅에서 서로를 만나게 되었으며 왜 무공을 잃은 백부가 스스로 목숨을 끊으려 했는지 조금은 이해할 수 있게 되었다.

"참으로 잔혹한 곳이구나. 강호란 곳은⋯⋯."

연후의 나직한 음성이 흘러나왔으며, 그 순간 내내 단목강의 이야기를 듣던 무린이 툭 던지듯 한마디를 했다.

"그런 정도의 일은 아무것도 아닌 게 강호라는 세상이지. 웬만하면 넌 그쪽으론 제발 발 담그지 마라."

왠지 전과 달리 쓸쓸하게 흘러나오는 음성이었다.

그때 다시 별원 밖에서 인기척이 들려왔다.

"모여서 무슨 작당들을 하냐?"

싸늘하게 들려오는 음성의 주인은 사다인이었다.

별원으로 들어오는 사다인을 단목강이 가장 먼저 반겼다.

"다인 형님! 예까진 어인 일로?"

"나 빼놓고 무슨 작당하고 있나 궁금해서 왔다. 그나저나 아까부터 뒷산이 왜 이리 시끄러운 것이냐?"

사단인의 짜증 섞인 음성에 단목강이 반문했다.

"아무 소리도 들리지 않는데⋯⋯."

"소리가 아니라 부산스러움 때문이다. 뒷산에 살던 짐승들의 기척이 죄다 여기저기로 흩어지고 있어."

"네?"

단목강이 눈을 동그랗게 치뜨자 사다인은 여전히 마땅치 않다는 눈빛으로 입을 열었다.

"이런 건 지진 같은 게 날 때나 벌어지는 일인데. 대체 무슨 일인 거야."

사다인은 짜증스런 음성이었다. 오감이 남보다 몇 배는 발달한 사다인인지라 그러한 주변 변화에 매우 민감할 수밖에 없었다.

그 순간 단목강은 전음으로 암천을 불렀다.

"암천 대주!"

하나 들려온 대답은 없었다.

그리고 그 순간 혁무린도 머릿속으로 초노와의 대화를 시도했다.

"초노! 뒷산에 뭐야?"

한데 잠시 뒤 초노의 다급한 음성이 무린의 귓가로 들려왔다.

"자…… 잠시……. 소공, 까딱하다 일 치르겠습니다."

평소엔 전혀 들을 수 없는 다급한 음성의 초노, 그 뒤로 한동안 아무런 소리도 들려오지 않았다.

무린뿐 아니라 단목강도 슬쩍 일어서 전각 밖으로 나섰다.

당연한 듯 후원을 지나 뒷산으로 걸음을 옮기는 두 사람, 연후나 사다인 또한 궁금하여 그 뒤를 따랐다.

"너희들 대체 왜 그러는 거냐?"

연후의 물음에 대답한 것은 사다인이었다.

"가 보면 알겠지."

그렇게 유가장 뒷산으로 이어지는 소로를 따라 걸음을 옮기던 네 청년들은 어느 순간 걸음을 딱 하고 멈출 수밖에 없었다.

위쪽 길에서 장대한 체구의 사내가 휘적휘적 걸음을 옮기며 내려왔기 때문이었다.

"금 백부님!"

연후가 그를 알아보고 놀란 음성을 내뱉었다.

척 보아도 너무나 낭패한 모습이었기 때문이었다.

입가에는 시커먼 핏물까지 흘리며 무복 여기저기는 온통 흙더미와 찢겨진 상처, 그리고 핏물로 가득했다.

그 눈가에 걸려 있던 나직한 미소를 보지 못했다면 꼭 죽다 살아났다고 해도 과언이 아닐 정도로 피폐한 모습이었다.

연후가 이름을 부르는데도 금도산의 눈은 차례로 앞서 있는 단목강와 혁무린, 그리고 사다인을 훑었다.

하지만 그것도 잠시뿐이었다.

그저 아무 말 없이 그들을 휘적휘적 지나친 금도산은 연후가 있는 곳까지 다가왔을 뿐이다.

"벗을 사귐에 있어 언제나 신중하여야 한다. 혈육은 선택할 수 없으나, 벗은 스스로 정할 수 있기 때문이다. 또한 그렇기에 벗이 된다 함은 복은 물론 화까지 함께 할 수 있는 마음이어야 하는 것이고……."

전혀 이해할 수 없는 상황에 들려온 금도산의 음성이었다.

하나 연후는 왜 그런 말을 지금 이런 자리에서 하냐고 반문할 수 없었다.

금도산의 눈빛, 그 안에 감히 측량할 수 없는 깊은 무언가가 찌르르하고 마음을 울렸기 때문이었다.

그 후 금도산은 휘적휘적 소로를 따라 모습을 감추었다.

연후는 그 자리에 서서 그저 금도산이 사라진 곳을 바라보기만 했다.

한데 그 순간 산 위쪽에서 호들갑스러운 무린의 음성이 터져 나왔다.

"우와! 이게 다 뭐야!"

야산의 중턱을 넘자 마치 화산이라도 폭발한 듯한 수십 장 넓이의 거대한 분화구가 생겨나 있었으며, 그 주위로는 믿을 수 없는 크기의 거대한 흙벽들이 하늘을 향해 치솟아 있는 기경이 펼쳐져 있었다.

단목강도 그만 할 말을 잃은 뒤 다시 한 번 음자대주를 찾았다.

"암천!"

"소…… 소가주님."

"대체 무슨 일이?"

"보시는 대로입니다. 그리고 당분간 소가주님의 부름에 답할 수 없을 듯합니다."

"네? 그게 대체."

"멀지 않은 곳에 있을 것이오니 그리 아십시오. 그 럼……."

"암천!"

단목강이 여기저기를 둘러보며 암천의 기척을 찾고자 필사적으로 기감을 끌어올렸으나 도저히 어쩔 방법이 없었다.

그가 기척을 숨기고자 한다면 자신의 능력으로는 전혀 찾아낼 수 없다는 것을 알고 있었기 때문이었다.

그리고 그 시간 무렵 역시 초노와 대화를 나누고 있었다.

"초노? 이거 무토진기 아니야? 대체 이걸 왜?"

"흘흘흘흘……. 오행마벽이 아니었다면 죽었을지도 모릅니다. 굉장하더군요. 그 친구……."

"왜 싸운 거야? 대체?"

"소공의 정체 때문에…… 흘흘흘흘, 노신이 이기면 소공에 대해 묻지 않기로."

"뭐?"

"그저 그냥 호승심인 게지요."

"그래서, 결과는?"

"조금 밀린 듯싶습니다. 때마침 소공이 말을 거시는 바람에……."

"설마?"

"물론 노신도 알고 그도 알고 있듯이, 진짜로 했다면 누군가는 죽었겠지요. 그걸 아는지 조용히 내려가더군요."

"후아! 칠패가 그렇게나 강한 거였어?"

"흘흘흘흘. 아니옵니다. 그가 그냥 진짜인 겁니다. 하니 중원이란 항상 경시하지 마셔야 합니다. 또한 알려진 것보다 감춰진 것에 언제나 진짜가 있는 법이지요."

第六章

드리우는 그림자

유동의 삼법 중 그 마지막은 가용(加用)과 반용(反用)의 법인 즉 이는 만물에 가해지는 힘에는 반드시 그만큼의 상응하는 반탄지기가 일어남을 이른다.

맨주먹으로 바위를 격하매 주먹이 으스러뜨려질 만큼 고통스러운 것은 가한 힘만큼의 반탄지가 주먹에 전해지기 때문인 즉.

남을 해하려는 자 그 해가 스스로에게 되돌아오는 천리도 이 가용과 반용의 법 안에 있는 것이다.

대저 공부란 스스로를 수양하며 지극한 도를 쫓는 것에 목적을 두어야함은 바로 그 같은 이치에서 기인하는 것이다.

이 가용과 반용의 법을 무공에 응용한 것이 바로 사량발천근의 수법과 이화접목이라 할 수 있으니, 하나 그것들은 반용의 힘을 흘리는 것에 지나지 않는다.

하여 본좌는 이 원리를 깨우쳐 고금에 다시없을 호신강기를 창안하였으니 그 어떤 힘이라도 상대에게 고스란히 되돌릴 수 있는 고금제일의 호신공 탄공막을 창안할 수 있었다.

물론 이를 익히기 매우 지난하여 광안, 광령을 얻고 무량에 도달하여야만 가능한 바, 그때가 되면 공간의 의미가 무색하여지니 능히 탄공막의 오의로 불패의 행보를 할 수 있을 것이다.

금도산이 유가장에 온 지도 벌써 여러 날이 흘렀다.

하나 며칠간 객당에 있는 거처에서 두문불출하였기에 연후의 궁금증은 더하여만 갔다.

부친이나 모친에 관한 이야길 조금 더 듣고 싶은 마음이기에 내심으로 몇 번은 객당엘 찾아가 볼까 하였지만 먼저 찾지 않는데 일부러 찾아가는 것이 영 내키지 않는 것이다.

그런 날이 나흘간 계속되었는데 그때 연후는 뜻하지 않는 또 한 명의 방문객을 맞아야만 했다.

매화촌 전체가 들썩일 정도로 분주해지더니 금색 철린

이 촘촘히 박힌 갑주 무인들 오십여 명이 호화로운 마차를 호위하여 유가장에 이른 것이다.

그걸 보고 가장 부산스러운 행동을 한 것은 역시나 무린이었다.

마을이 내려다보이는 뒷산 중턱까지 무린에게 억지로 끌려온 청년들은 마을로 들어서는 갑주 무인들의 위용에 무척이나 놀란 표정들을 할 수밖에 없었다.

그중 단목강은 비록 나이는 어리다 하지만 견문이 넓어 그들의 정체를 짐작하고 있었다.

"어림군이로군요."

"어림군?"

무린이 호기심 가득한 눈길로 되묻자 단목강이 놀란 눈빛을 다 지우지 못한 채 말을 이었다.

"금의위가 대내의 일을 맡는다면 어림군은 황족의 외유를 책임지고 있는 황병입니다."

"이야? 그럼 저기 저 마차에 황족이?"

"아마도……."

단목강이 나직하게 말끝을 흐리자 연후 또한 호기심이 짙어만 갔다.

이따금 자금성에서 사람이 와 조부를 모셔가는 것을 본 일이 있긴 했지만, 이렇듯 거창한 행렬이 찾아오는 것은 처음 있는 일이었기 때문이었다.

그때 즈음 여덟 필의 백마가 끄는 마차가 유가장의 정문 앞에 멈추었으며 어림군의 수장인 듯한 장수 한 명이 유가장 정문을 향해 소리쳤다.

"봉명궁의 군주님께서 행차하셨다. 유가장은 예를 다하여 맞이하라."

그 목소리가 어찌나 쩌렁쩌렁하게 울리는지 뒷산까지 들려왔다.

그리고 그 순간 또 한 번 가장 놀라는 표정을 지은 것은 단목강이었다.

"봉명궁이라면!"

"왜? 어디 유명한 문파냐?"

"그게 아니라. 봉명궁은 황상 폐하께서 가장 총애하신다는 자운 공주께서 거하시는 곳입니다."

감히 언급하는 것만도 황공하다는 듯 단목강의 음성은 더욱 조심스러웠다.

하나 그런 것을 신경 쓸 무린이 아니었다.

"이쁘냐?"

"네?"

"이쁘냐고?"

"어찌 그런 불경한 말씀을!"

단목강이 굳은 얼굴로 쏘아보는 그 순간 마차를 바라보던 무린의 얼굴이 잔뜩 일그러졌다.

때마침 마차에서 내려서는 여인을 보았기 때문이었다.

"뭐야! 어린애잖아! 난 또 서시나 월궁항아 같은 미인이라도 된다고!"

거리가 멀어 자세한 모습까지 볼 수는 없었으나 마차에서 내린 이가 자그마한 체구의 소녀라는 것만은 분명했다.

기대가 잔뜩 어긋난지라 무린이 그렇게 자운 공주를 보며 불평을 토해 내자 단목강이 갑작스레 목소리를 높였다.

"형님! 말씀이 과하십니다. 황상의 공주시라면 마땅히 땅 위에 가장 존귀한 몸이시거늘, 어찌 그리 경박하게……."

단목강이 그냥 넘어갈 수 없다는 듯 입을 열자 사다인이 툭 하고 한마디를 내뱉었다.

"중원의 공주라고 우리가 그 앞에 납작 엎드리기라도 해야 한단 말이냐?"

어지간하면 별말이 없는 사다인이 나서자 단목강은 그만 말문이 막히고 말았다.

확실히 이족인 사다인이나 세외에서 나고 자랐다는 혁무린에게 자운 공주를 향한 존경심을 바라는 일은 무리인 듯 보였다.

특히나 사다인의 부족은 영락제의 남만 원정 때 몰락하

였다 하며 그 때문에 명 황실에 적지 않은 원한마저 품고 있었다.

그런 사다인에게 황족을 향한 충심을 바란다는 것이 가당키나 하겠나 하는 생각이 들 수밖에 없었다.

그렇게 분위기가 어색하게 돌아가자 연후가 입을 열었다.

"강 아우. 보이지 않는 곳에선 나라님을 욕하는 것도 죄가 아니라 했다. 하니 사다인이나 무린을 책잡지 마라."

연후의 말에 단목강이 꽤나 놀란 얼굴이었다.

유가장의 장손인 연후가 이런 말을 할 줄은 전혀 예상치 못했기 때문이었다.

그때 다시 연후가 사다인과 무린을 향해 입을 열었다.

"그 앞에 합당한 예를 취하기 싫으면 모습을 드러내지 않는 게 좋겠다. 어찌 되었든 여긴 중원이다. 황족 앞에 예를 다하지 아니하면 참수를 당하는 것이 당연한 곳이다. 그것마저 싫다면 이 땅을 떠나면 그뿐이다. 괜한 일로 조부님께 폐 끼치는 일이 없었으면 좋겠다."

연후의 나직하면서도 힘 있는 말에 사다인의 눈가가 씰룩했다.

뭔가 하고 싶은 말이 더 있는 듯 보였으나 때마침 무린이 나섰다.

"아이고! 걱정 말아라. 그 정도 눈치가 없을까. 근데 저

공주님은 왜 온 거냐?"

어색한 분위기일 때면 늘 그렇듯 무린이 너스레를 떨자, 연후 역시 전혀 모르는 일이라는 듯 고개를 갸웃거렸다.

그때 마침 언덕을 향해 헐레벌떡 하인 동삼이 뛰어 올라오며 소리쳤다.

"연후 도련님! 크…… 큰……일……."

"왜 그리 호들갑이냐!"

연후가 살짝 인상을 찌푸렸으나 동삼은 멈추지 않고 산중턱까지 내달려왔다.

그런 뒤 연후 앞에서 허리를 접은 뒤 몇 번이나 가쁜 숨을 몰아쉬었다.

"크…… 큰일이라니까요. 예서 이럴 게 아닙니다. 서둘러 내려가셔야 합니다."

"대체 무슨 일인데 그러는 겁니까?"

무린이 참지 못하고 먼저 묻자 동삼이 그제야 차분한 호흡으로 입을 열었다.

"아이고, 이런 경사가 또 어디 있겠습니까? 연후 도련님께서…… 부마도위로 간택되었다 합니다. 우리 도련님! 공주마마랑 혼례를 올리게 생겼습니다."

마치 제 일이라는 듯 들뜬 동삼의 말에 청년들의 얼굴이 가지각색으로 변해 갔다.

동삼의 뜻하지 않은 이야기에 가장 신난 것은 무린이었지만 연후의 머릿속은 참으로 황당하다는 생각뿐이었다.

"이야! 이거 너랑 친구하길 진짜 잘했다. 덕분에 자금성 구경도 하고 그렇겠는걸."

옆에서 무린이 호들갑을 떨지만 정작 연후의 머릿속은 새하얗게 변해 있었다.

"대관절…… 그게……."

부마도위라니, 그런 건 정녕 생각도 해 보지 못했다.

연후는 그저 멍한 표정일 수밖에 없었다.

그때 단목강이 정중히 포권을 취하며 연후를 향해 예를 표했다.

"형님! 축하드립니다. 봉명궁의 군주님을 배필로 맞으시다니 더없는 영광인 줄로 아옵니다."

하나 그 예를 받는 연후의 마음이 결코 편할 리 없음은 당연한 일이었다.

고작 열여덟, 아직 성혼 같은 것은 꿈에도 생각지 못했던 연후에겐 그야말로 날벼락 같은 일이었다.

*   *   *

적풍사란 제법 거창한 명호를 지닌 마적 떼는 본시 산

해관 넘어 흑수 일대를 오가며 약탈을 일삼는 이들이었다.

그 수는 고작 사십여 명에 불과하나 모두가 기마술에 능하고 일신의 무공이 가볍지 않아 그 흉명이 관내에까지 자자할 정도로 패악한 이들이었다.

특히나 그들 적풍사를 이끄는 원원심은 금나라의 전설적 기병 연운십팔기의 후예로 알려진 자로 그 마창술이 능히 조자룡에 비견된다 하여 소자룡이란 별호로 불릴 정도로 위명이 대단한 인물이었다.

그 원원심과 그를 따르는 적풍사의 무리 십여 명이 지금 흑수를 등지고 배수의 진을 펼치고 있었다.

느닷없이 본거지를 급습한 정체 모를 복면 괴인, 흑수 인근은 물론 심양 일대에까지 관부와 무림의 그 어떤 문파도 두려워해 본 적 없는 적풍사였지만 오늘은 단 한 명의 복면인에 쫓겨 이런 처지까지 몰리게 된 것이다.

원원심과 그 아우들로서는 도저히 어찌해 볼 엄두가 나지 않을 정도의 고수였다.

하나 더욱 큰 문제는 그 복면인 말고도 또 다른 이들이 원원심과 적풍사 앞에 모습을 드러냈다는 사실이었다.

그나마 다행인 것은 무언가 다른 목적이 있는 듯 수하들을 죽이지 않고 점혈만 하여 제압한다는 사실이었다.

"이놈들! 대체 정체가 무엇이길래 우리 적풍사를 핍박

하느냐?"

원원심은 복면인의 지공 한 줄기에 반 토막이 나 버린 창을 들고 목청을 높였다.

하나 복면 괴인은 원원심의 말에 대꾸조차 하지 않고 고개를 돌려 버렸다.

마치 자신은 이제 할 일을 다 했다는 듯한 몸짓으로 뒤돌아선 복면인, 그는 뒤편으로 나타난 흑의인들을 향해 입을 열었다.

"되었느냐?"

지독하게도 차가운 복면 괴인의 음성이 울렸고 그 순간 흑의인들 중 누군가가 나섰다.

"수고하셨습니다. 공공께서도 크게 흡족해하실 것입니다."

그렇게 나선 흑의인은 복면 괴인과는 또 다른 복장이었다. 그는 얼굴을 가리지는 않았으며 그 눈빛이나 분위기가 매우 싸늘하면서도 차분했다.

한눈에도 관인이나 무장의 태가 나는 인물이었다.

그렇게 주거니 받거니 대화를 나누는 두 사람을 보며 원원심은 더욱더 마음이 무거워졌다.

눈치로 보아 대충이나마 그들의 정체를 짐작할 수 있었기 때문이었다.

평생 관부와 군부에 쫓기며 살아왔기에 그들만이 지닌

특유의 분위기를 감지하고 있는 것이다.

그때 다시 복면 괴인과 대화를 나누었던 흑의인이 입을 열었다.

"적풍사와 원원심 맞나?"

그 음성에 원원심이 저도 모르게 침을 꼴깍 삼켰다.

정확히 알고 왔다는 사실, 거기에 이만한 고수를 부릴 수 있음에도 누구도 죽이지 않고 제압만 했다는 것만으로도 앞으로의 일진이 흉흉할 것임을 새삼 절감하고 있는 것이다.

이럴 때는 바짝 낮춰야 살길이 열림은 자명한 일이었다.

"대인께선 대관절 뉘신데……."

상대를 높여 실낱같은 살길을 찾고자 하는 원원심의 말은 연이어진 흑의인의 응대에 산산이 부셔졌다.

"알면 죽는다. 그래도 알 텐가?"

원원심이 눈을 치떴다. 그래도 한 가닥 희망은 남아 있었다.

"하면 저와 아우들이 살길이 있는 것인지요?"

"아마도 없을 것이다. 요는 이 자리에서 죽느냐, 아니면 어떻게든 버티다가 천에 하나 만에 하나 살길을 찾느냐 중 하나의 택일이다."

흑의인의 말에 원원심의 눈은 더욱 차분해졌다.

살려 줄 것이라는 허언을 하지 않을 정도라면 적어도 조금이나마 살길이 있다는 그 말을 믿어도 된다 생각한 것이다.

하지만 그 부하들은 이미 인내심이 한계에 달한 상태였다.

이래 죽으나 저래 죽으나 마찬가지라면 결코 곱게 목을 내밀 이들이 아니었다.

"대형! 같이 죽읍시다."

"우리 적풍사입니다."

"저 개잡놈들, 저놈들 손가락 하나라도 잘라 내고 죽을랍니다."

아직까지 멀쩡한 십여 명의 수하들이 기세를 높여 보지만 저 복면 괴인 하나 감당하지 못하여 허겁지겁 쫓기던 것을 생각하면 그저 당랑거철(螳螂拒轍)의 허무한 몸부림에 불과했다.

또한 천에 하나 만에 하나라도 길이 있다면 눈앞의 저들에게서 찾아야 한다는 생각이었다.

"대인! 조금이라도 살길이 있다면 그 길을 찾고 싶습니다."

원원심이 다시 한 번 조심스레 흑의인을 향해 물었고 그 순간 흑의인의 얼굴에 미소가 감돌았다.

마치 사람을 제대로 찾은 것에 대한 흡족함이 담긴 미

소 같았다. 그가 원원심과 그 수하들을 향해 입을 열었다.

"북경 인근에 매화촌이란 마을이 있다. 거길 싹 지워야 하는데 네놈들 손을 좀 빌려야겠다. 일을 끝내면 관병들이 쫓을 것이다. 그때부터는 자유다. 우리가 나설 일이 아니니. 그렇다 해도 수천의 관병 들이 쫓을 것이고 네놈들 대부분이 죽을 것이다. 어떡하겠느냐? 받아들이겠느냐?"

원원심이 눈을 치떴다.

이만한 실력의 고수를 부릴 정도라면 적풍사를 필요로 할 이유가 없었다.

한데 무언가 자신들의 손을 빌리려 하니 깊은 정쟁의 냄새가 느껴졌다.

"관병들만 피해 내면 더 이상 추적은 없사옵니까?"

원원심은 무시무시한 복면 괴인을 힐끗 쳐다보았다.

관병의 추격을 따돌린다 해도 또다시 저 복면 괴인이 나타난다면 어차피 죽은 목숨이란 생각이었다.

한데 흑의인은 또 다른 말을 꺼내 놓았다.

"그보다 다른 말을 먼저 하지. 쫓기다 잡히면 그냥 죽어라. 어차피 붙잡혀도 참수일 테니 그것만 지켜 준다면 이걸 하나 더 약속하지. 네놈들 처자식이 숨어 있는 마을만은 온전히 남겨 준다는 것을……. 그게 네놈들을 찾아

여기까지 온 이유니까."

흑의인의 말에 원원심뿐 아니라 다른 적풍사의 부하들마저 부르르 몸을 떨 수밖에 없었다.

모두 다 알고 찾은 것이다. 곱게 음모에 희생되어 줄 존재를 찾아서.

*   *   *

유가장과 매화촌을 떠들썩하게 했던 어림군의 행차가 돌아가고 난 뒤 연후와 다른 청년들이 대학당 안으로 발걸음을 옮겼다.

저녁 공부를 할 시간인지라 자연스레 유가장 안으로 들어선 청년들인데 그들은 거의 동시에 흠칫하며 몸을 세워야만 했다.

낯선 소녀 한 명이 유한승과 마주 앉아 담소를 나누고 있었기 때문이었다.

유한승이 그런 청년들을 향해 준엄한 음성을 내뱉었다.

"뭣들 하는 것이냐? 군주님께 예를 올리지 않고?"

그 말이 떨어지자마자 털퍼덕 무릎을 꿇으며 앙복한 것은 오직 단목강뿐이었다.

"미천한 백성 단목강이 자운 공주님의 옥체를 알현합니다."

커다란 목소리를 내뱉으며 소녀 앞에 엎드린 단목강, 그 순간 난데없는 웃음소리가 터져 나왔다.

"푸훗!"

유한승과 마주하고 있던 소녀 자운 공주의 입에서 나온 웃음소리였고, 그녀는 이내 황급히 입가를 가린 뒤 말을 이었다.

"아! 죄송해요. 어서 일어서세요. 그런 예는 황상께나 가당합니다. 더욱이 황사 어르신께 배움을 청하고자 왔는데……. 예를 감당키 어렵습니다."

어찌나 청아하고 맑은 목소리인지 대학당 안의 분위기가 확연하게 달라지는 듯했다.

자운 공주의 음성에 단목강이 당황하여 고개를 들다 그녀와 눈이 마주쳤다.

크고 아름다운 그녀의 눈망울 안에 마치 수많은 별무리가 담긴 듯했고, 그걸 느낀 순간 갑작스레 단목강의 가슴속에서 화탄이 터진 듯한 소리가 들려왔다.

쿠쿵!

그 모습에 자운 공주가 또다시 웃음을 터트렸다.

"푸흡! 아…… 미안해요. 그만 일어서세요."

"네! 알겠습니다."

여전히 당황함을 감추지 못하며 단목강이 쭈뼛거리며 일어서자 자운 공주 또한 자리에서 일어섰다.

그러고는 무린과 연후를 번갈아 바라보더니 연후 쪽을 향하여 살포시 고개를 숙였다.

"이쪽이 유 공자님이시겠군요. 인사드리겠어요. 봉명궁의 자운입니다."

연후 또한 조금은 당황한 듯 황급히 그녀를 향해 포권을 취했다.

"소생 유가장의 후손 연후라 합니다."

연후의 대답이 이어지는 동안에도 자운 공주는 커다란 눈망울을 맑게 빛내며 연후를 바라보았다.

그러더니 조금 전보다 더욱 밝은 웃음을 지어 보였다.

"정말 다행이에요. 조금은 걱정했었어요."

"무엇을 말씀하시는지……."

연후의 반문에 자운 공주의 하얀 얼굴이 다시 한 번 작은 미소가 일어났다.

"그런 게 있답니다. 유 공자님."

자운 공주가 그렇게 답을 하자 연후가 고개를 갸웃거렸다.

하나 자운 공주는 어린 외모와는 달리 참으로 깊고 큰 눈망울로 연후를 바라보았다.

황사 유한승이 자신의 손자를 이야기할 때마다 버릇처럼 꺼낸 말이 못난 손자 녀석이었다.

그 때문에 정말로 꽤나 추남일 줄 알았는데 이제 보니

참으로 헌앙한 것이다.

물론 사람의 미추에 얽매일 정도로 수양이 낮은 자운 공주가 아니었으나 눈앞의 연후의 모습이 꽤나 마음에 든 것도 사실이었다.

하나 초면에 그 같은 말을 할 수는 없는 일, 자운 공주가 홀로 미소를 짓고 있는 이유였다.

"눈치 없긴……. 하여간, 우리 공주마마께서 네가 마음에 든다 하신 거지."

갑작스레 끼어든 무린의 말에 연후나 자운 공주가 모두 당황한 표정을 짓자 무린은 또 한 번 씨익 웃었다.

"제 말이 맞지요? 공주마마!"

마치 놀리는 듯 자운 공주에게 슬쩍 말을 건네는 무린의 태도에 단목강이 화들짝 놀랐다.

"혀…… 형님!"

하지만 무린은 전혀 신경 쓰지 않는 얼굴이었다.

"아, 전 혁무린이라고 합니다. 그러니까 여기 공주마마의 부군 될 이 친구하곤 둘도 없이 각별한 친구인 것이지요."

무린이 유들유들한 목소리로 자운 공주를 향해 입을 열자 그녀가 또다시 입가에 웃음을 지으며 답을 했다.

"네, 반가워요. 혁 공자. 앞으로 잘 부탁드리겠어요."

"하하! 뭐 부탁이랄 게 뭐 있겠습니까? 제가 알아서 우리 연후를 잘 돌보고 그러니까 귀여우신 공주님께서는 걱정하실 게 하나도 없습니다."

"형님!"

"푸훗! 괜찮아요. 단목 공자."

"하하하하! 우리 공주님께선 참으로 다정다감하시군요. 그런데 뭐 하나만 물어도 되겠습니까?"

무린이 자운 공주를 너무나 편하게 대하는지라 단목강이나 연후는 심장이 벌렁거릴 지경이었다.

하나 사다인은 내내 돌덩어리 같은 얼굴로 그런 무린을 바라보고 있었으며 유한승 역시나 그런 무린의 행동을 책잡지 않았다.

어린 시절부터 봉명궁으로 직접 찾아가 자운 공주를 가르쳤던 것이 유한승이었다.

때문에 그녀의 성정을 잘 알고 있었으며 그중 그녀는 황족을 향한 예를 무척이나 불편하게 여기고 있었다.

"저랑 여기 연후를 살피신 뒤 어째서 요 녀석이 유가장의 후손인 줄 아셨습니까?"

무린이 정말로 궁금한 듯 물어오자 자운 공주가 다시 한 번 입가에 미소를 지었다.

"무척이나 쉬운 일이었습니다."

"네?"

"유가장의 후손이 혁 공자처럼 능글맞은 눈빛일 리 없

잖아요."

"하하하하! 이게 제대로 한 방 먹었네요. 하여간 잘 부탁드립니다. 공주마마. 다시 말씀드리지만 뭐 어려운 일 생기고 그러면 저한테 말씀하시면 시원하게 처리해 드립니다. 제가 이래 봬도 신강에선 꽤……."

무린의 이야기가 주절주절 길어질 듯하자 내내 입 다물고 있던 사다인이 역정을 냈다.

"제발 좀 닥쳐라."

"푸훗!"

자운 공주가 또다시 웃음을 터트렸다.

그런 자운 공주를 보는 연후의 마음은 참으로 복잡하기만 했다.

아무리 봐도 아직 어려 보이기만 한데 대체 성혼이라니, 이 난국을 어찌해야 할지 그저 답답하기만 한 연후였다.

*　　　*　　　*

"네놈 보기엔 저놈은 뭐 하는 놈들 같으냐?"

"황궁 쪽 인물 같습니다. 아마도 금의위나 동창이 아닐까 합니다."

"그럼 저것들은?"

"어림천위군의 별장들이지요. 보시다시피 황족을 호위하는 장수들입니다."

"참으로 복잡한지고……. 한데 저놈이랑 저 어림천위군이란 놈들하고 사이가 안 좋으냐?"

"네에?"

"저 숨어 있는 놈에게서 묘한 살기가 느껴진단 말이다."

"그럴 리가요? 그저 봉명군주의 행보를 은밀히 감시하는 것일 겁니다. 그쪽도 이런저런 세력끼리 알력이 상당하다고 들었습니다."

"헐헐헐헐! 한심한지고. 감시하는 것과 살기를 품은 것조차 구분하지 못한단 말이냐. 네놈 이름이 암천이라고 했지?"

"네, 어르신."

"누가 그렇게 어울리지도 않는 거창한 이름을 지어 준 것이냐? 네놈 스스로 갖다 붙인 이름이렷다."

"……."

"기운이라는 것은 본시 사람에게만 있는 것이 아니며, 하다못해 돌덩어리 하나하나에도 각기 다른 고유한 기운이 있는 법이다. 하물며 사람이야 그 가지각색만큼이나 다양한 기운을 품고 있는 것이다."

"어렵습니다."

"헐헐, 하나부터 열까지 죄다 일러 줘야 할 놈이로구나. 네놈의 은신이 노부에게 쉬 들키는 이유가 뭔지 아느냐?"

"솔직히 잘……. 하지만 어르신 이전엔 누구에게도 들켜 본 적 없습니다."

"헐헐헐! 실력은 개똥만큼도 없는 놈이 자만심은 하늘을 찌르는구나. 별원에 머무는 도왕이란 인물이 네놈을 언제 발견한 것 같으냐?"

"그야……."

"유가장의 문 앞에 섰을 때 고개를 몇 번 갸웃거린 게 네놈 때문이었어. 호흡이나 기척만 죽인다고 은신이 끝인 줄 아느냐? 그가 네놈을 그냥 둔 이유는 그 실력이 참으로 변변치 못해서 그런 것이야!"

"……."

"무릇 은신의 지고한 경지는 동화이니라. 이 동화의 법을 알지 못하니 도왕 같은 무인에게 단번에 들키는 것이야."

"하면 어르신께선 어쩌다가?"

"헐헐헐헐! 방심하였지. 마음의 흔들림이 있었는데 그걸 느낀 게야! 그만큼 대단한 인물인 게다. 그 도왕이란 사내가……."

"마음의 흔들림이라니, 더 어렵습니다."

"지금은 그럴 게다. 저 숨어 있는 놈만 해도 작은 살심만으로 그 기운이 변하느니라. 네놈이나 노부와 같이 음지에 사는 이들에겐 동화의 법이라 하고, 무인들에겐 마음의 경지라 하는 지고한 깨우침이 있으니 그 같은 길에 들어서지 않으면 쉬 알 수 없는 도리이니라."

"휴우, 정말로 어렵기만 합니다. 다만 어째서 저에게 이런 가르침을 주시는 것인지 궁금합니다."

"헐헐헐헐. 말했지 않느냐? 심심하여 그런 것이라고. 또한 네 자질이 눈에 들어오니 가르치는 즐거움이 있는 것이고."

"하면 사제의 연은 왜 그렇게 거부하시는 것입니까? 마땅히 구배지례를 올리는 것이 도리인 것을……."

"나 또한 매인 몸, 너 또한 어딘가에 적을 두고 있지 않느냐? 우리네 삶이란 것이 그렇듯 속박인데 뭐 하러 또 다른 굴레를 쓰고자 하는 것이냐? 이처럼 서로를 알고 느끼면 그것으로 족한 것이지."

"끝끝내 진실한 정체를 알려 주진 않으실 마음이시군요."

"흘흘흘흘흘……. 알면 고해일 것이다. 그나저나 저놈 뭔가 좋지 않은 뜻을 품은 듯하니 각별히 주의하여 살피거라."

"어디 가실 것처럼 말씀하십니까?"

"네놈 한 놈 믿으면 그리 못하겠다만, 그 친구도 있고 하니 며칠 자리를 비울 생각이니라."

"대체 어딜 가시기에……?"

"알면 다치느니라. 그나저나 저놈 움직일 모양이다. 좀 따라갔다 오거라. 영 꺼림칙하구나."

암천과 초노의 대화가 그렇게 이어지는 줄도 모르고 유 가장을 빠져나가는 은밀한 기척이 있었다.

그는 날랜 움직임으로 매화촌을 벗어난 뒤 인적이 드문 산자락까지 도달했다.

그리고 그곳에는 그를 기다리는 듯한 흑의인들 십여 명 이 모여 있었다.

"자운 공주께서는 며칠 거할 듯합니다."

"치잇! 하필…… 그래, 어떠하더냐?"

"하인과 시비가 열셋. 유한승 조손, 거기에 문하로 들 인 유생들 셋이 있으며 무인으로 보이는 인물이 하나 전 부입니다."

"무인?"

"외팔에 가당치도 않은 대도를 패용한 것으로 보아 크 게 신경 쓸 인물은 아닌 듯합니다."

"그래? 하면 봉공을 따로 초빙할 이유가 없겠구나."

"반 각이면 충분할 것이라 사료됩니다."

"군주가 떠나면 바로 친다. 적풍사는 삼십 리 밖에 대기시켜라."

"명을 받드옵니다."

흑의인들의 대화를 듣던 암천은 참으로 어이없는 눈빛으로 그들을 바라볼 수밖에 없었다.

'헐. 대체 저것들 뭘 믿고⋯⋯.'

第七章

조용한 습격

유동의 삼법을 깨우쳐 만상의 이치를 두루 살피다 또 하나의 참뜻을 얻었으니 그것을 본좌는 완(緩)과 급(急)의 도(道)라 이름 붙였다.

　완급의 도란 글자 그대로 느리고 빠름 안에 있는 이치를 뜻하니 그 안에 상승의 공부로 가는 첫 번째 길이 있느니라.

　무릇 하수가 아무리 용을 쓰며 빠름의 경지를 추구한다 하여도 그것이 고수에게는 한없이 느리게만 보이는 법이다.

　이것이 어디에서 기인하는지 깨우치는 것이 완급의 도를 이해하는 근본이 될 것이다.

　쾌검이나 쾌도 혹은 비검이나 비도, 더 나아가 궁술이나 여타 다른 암기술을 절정의 경지로 익히면 능히 강호를 종횡할 자격이 있다 할 수 있다.

하나 그런 절정의 공부를 가지고도 본좌와 같이 무극을 이른 위대한 무인에게는 아무런 위해를 가하지 못하는 것은 그들 절정의 공부가 부족하여 그런 것이 아니라, 이 완급의 도가 만상의 유동 안에 존재하기 때문이니라.

아무리 빠른 화살이나 암기라 해도 결국은 시간과 공간 안에 있는 것.

앞서 이르기를 시공 안에 있는 모든 것은 유동의 삼법 안에 기인한다 하였으니 화살의 그 이치에 따라 움직일 수밖에 없느니라.

쏘아지는 화살은 순행의 법을 따라 날아가며 의당 반배의 법에 따라 공력이 높으면 높을수록 그 위력과 속도가 강해짐은 당연한 도리다.

하나 삼법 중 마지막 법인 가용과 반용의 법이 있으니 강한 힘에 맞서 응당 상응하는 힘이 화살에 되돌아가는 것이 만상의 이치라 하겠다.

아둔한 이라면 이것만으로 이해하지 못할 것이 뻔하니 마지막으로 본좌 자세히 기록할 것임에, 이마저도 듣고 이해하지 못한다면 제발 본좌의 기록을 좀 더 똑똑한 연자에게 전하길 바라는도다.

대저 이와 기의 모든 것이 보이지 않는다 하여 존재치

아니하는 것이 아니며, 존재함에도 볼 수 없는 것이 세상에는 허다한 것이니 그중에 공기란 것이 있다.

화살이 아무것도 없는 곳을 뚫고 적의 목을 꿰뚫는 것이라 생각하겠지만 실상 화살은 시위를 떠난 순간부터 매순간 공간과 공기의 강렬한 반용의 힘에 부딪히는 것이다.

흔히 파공음이라 하는 소리들이 이는 것도 이 공기에서 이는 반용의 힘 때문이니라.

하나 마땅히 강호에 절기라 할 수 있는 절기들을 살핌에 파공성을 내지 않고 상대의 목숨을 취하는 무공들이 있으니 그 안에 또한 신묘한 도가 하나 숨어 있음을 본좌 참오하여 깨달을 수 있었다.

대저 소리라 하는 것 역시나 보이지 아니하나 들을 수 있으니 세상에 존재하는 하나의 상으로 보아야 할 것이다.

하여 이 소리에도 빠르기가 있으며 그것을 측정하기 위해 오랜 시간을 고민하다 당연히 방법을 찾을 수 있었도다.

낙뢰가 떨어지면 섬광이 번쩍하여 천지를 밝히나 그 우렛소리는 낙뢰의 진원에서 멀면 멀수록 늦게 들려오는 것이니 그 빛과 소리의 간극이 바로 소리의 거리임을 깨우친 것이다.

이마저 이해 못하고 더 풀어 달라 하면 연자는 제발 책을 덮고 조용히 살기 바란다.

각설하고 그렇게 알아낸 소리의 빠르기는 눈 한 번 깜빡

이는 시간 동안 꼭 백 장 하고도 한 장 반을 더 나아가는 것을 알게 되었으며, 이를 넘어서는 암기술만이 소위 절정 지경의 무공이라 손꼽히고 있는 것이다.

이렇듯 소리마저도 결국 만상의 이치에 따라 유동의 삼법 안에 갇혀 있음이니 이 이치를 넘은 무극 지경의 고수들에게 절정의 암기술이 쉽게 제압되는 것이 당연한 이유가 되는 것이니라.

하여 본좌와 같이 무극을 깨우친 존재들은 나름 한가락 한다는 무인들을 쉽게 제압할 수 있는 것이다.

무극이란 결국 무량이며 무량만이 오직 완급의 도를 넘어선 지고한 경지인 것이다.

앞서 본좌가 추구하는 무량이 탈속 해탈 탈각의 다른 이름이라 말하였는데, 이것만이 오직 유동의 삼법의 구애를 받지 아니함을 명심하여야 할 것이다.

도마 노인의 심도 역시 마음이 만들어 낸 것, 마음이 무게와 힘을 지닐 수 없으니 가용과 반용의 법의 지배를 받지 않는 것이 당연한 것 아니겠는가.

더구나 무선이 그 영체만으로 중원의 모두를 스스로 탄복하게 한 것 역시 그 영체 또한 무게와 힘을 지니지 않아 유동의 삼법을 초월하였음에 가능한 것이다.

사질의 귀령이 성모라는 요마를 벨 수 있었던 것도 따지고 보면 혼령 간의 무게가 없으니, 반용의 법이 따르지 않앗기 때문이며 본좌가 익힌 마군의 과거 익혔던 뇌령 또한 반용의 법을 뛰어넘는 것이니 능히 고금 제일을 논할 자격 이 있는 무공이라 하겠다.

하나 본좌의 광령에는 모두 한참이나 모자라니 본좌야말 로 고금제일이라 해야 마땅하지 않겠는가.

"무공을 배우려 한다 들었다. 그 연유를 물어도 되겠느 냐?"

며칠 만에 별원으로 연후를 부른 금도산이 처음 건넨 말이었다.

연후는 잠시간 금도산을 물끄러미 쳐다보기만 할 뿐 딱 히 대꾸를 하지 못했다.

조부가 그 일로 근심하는 것을 아니 백부에게 이야기했 다 하여 이상할 것은 없었다.

다만 몇 가지 마음에 걸리는 것이 있어 조심스러울 따 름이었다.

단목강이나 혁무린을 통해 백부의 사연을 대강이나마 전해 들을 수 있었다.

백부의 이름이 결코 가볍지 않으며, 화산파와 악연의 골이 깊어 불공대천의 원수라는 것을 알게 되었으니 백부 금도산이 달리 보일 수박에 없었다.

거기다 그런 일이 벌어진 것이 벌써 십수 년 전이라 하니 그간 백부가 어찌 살았으며 또 그 과정에서 만난 부친과 모친의 이야기 같은 것들이 궁금하지 않을 수 없었다.

한데 이렇게 며칠 만에 부르더니 대뜸 무공에 관해 물어오는 것이다.

"대답하기 곤란한 물음이더냐?"

"아, 아닙니다. 다만 갑작스레 물으시니 경황이 없어……. 딱히 무공을 배우고자 하는 것은 아니며 적공의 법을 배워 내공이라는 것을 쌓아 보고자 할 따름입니다."

"내공? 무공이면 무공이지 내공만을 따로 익히고 싶다 하니 이상하구나."

"그런 것이 아니오라 우연히 책자 한 권을 얻었는데 그 안에 적공을 하여야만 알 수 있는 것들이 있다 하여 그것을 익혀 보고자 하는 것입니다."

연후가 조심스레 답을 하자 금도산의 얼굴이 조금 경직되었다.

"시중에 떠도는 연단서 같은 것이더냐? 하여 그것으로 등선이라도 꿈꿔 보고자 하는 것이고?"

금도산의 목소리가 전보다 굳은 채 흘러나오자 연후는 잠시 위축되는 기분이었다.

무언가 자신의 답이 백부의 심기를 불편하게 했음을 짐작하며 더욱 조심스러워졌다.

"도가의 서적이라기보다 세상의 이치에 관한 것이 주가

되는 내용입니다. 단지 배우며 익히는 것이 즐거운 서책으로 좀 더 깊이 알고자 하는 것이며, 그리하자면 내공이 필요하여……."

사정을 설명하면서도 연후는 자신의 답이 궁색하다는 것을 느끼고 있었다.

또한 짐작대로 백부의 얼굴은 점점 더 일그러졌다.

"그러니까 결국 잡서 따윌 익히고자 네 조부님의 마음에 근심을 쌓이게 했다는 말이로구나."

나직하지만 준엄한 질책에 연후는 몸 둘 바를 모르겠단 표정이었다.

실상 백부에게 이렇게 주눅이 들 이유가 없음을 알면서도 그 눈빛에 자꾸만 자신이 작아지는 기분을 느껴야만 했다.

그렇게 연후가 대답하지 못하고 망설이자 금도산이 다시 입을 열었다.

"네 총명함이야 충분히 짐작이 되고도 남는다. 그런 네가 관심이 간다 하여 빠져들었다니 그 내용이 허황되지만은 않을 테지. 하나 도사가 왜 도사로 불리며 왜 그들이 속세를 떠나 산야에 머물며 사는지 생각해 보아야 할 것이다."

전혀 의외의 말에 연후가 조심스레 눈을 뜨고 금도산을 바라보았다.

"제가 부족하여 금 백부님의 말씀을 다 이해하기 어렵습니다."

"복잡할 것 없느니라. 도라는 것은 이미 도가 아니며 도 아닌 것이 모두가 도라는 말을 들어 본 적이 있을 것이다. 굳이 그 말을 인용치 아니한다 해도 세상의 도와 도사들의 도가 다르며 도라는 것은 지극하여 깨우치기도 어렵거니와 깨우친다 하여 세상에 하등 도움이 되지 않는 법이다. 하여 시중에 나도는 도가 대부분 사이비(似而非)라 하는 것이며 태반이 방문좌도에 혹세무민의 주범으로 꼽히는 것이다. 몰랐다면 모르되 이제 알게 되었는데 이 백부가 어찌 너를 그런 길로 빠져들게 하겠느냐?"

금도산의 음성이 그렇게 끝을 맺자 연후의 마음은 복잡해졌다.

백부가 지금 무슨 말을 하는 것인지는 충분히 알겠다는 생각이었다.

어린 시절부터 워낙 많은 책을 접했기에 신선필법이니 도가팔경이니 하는 서책들을 수백 권도 더 읽었고, 그 내용이 참으로 황당함을 잘 알고 있었다.

그런 책자들이 부적이나 환약들과 함께 불로장생의 비술이라 하여 터무니없는 가격에 거래되고 있다는 사실까지 아는 연후기에 지금 금도산이 무엇을 말하려 하는지 충분히 짐작하고도 남았다.

다만 광해경은 그러한 잡서들과는 전혀 다르니 그것을 백부에게 설명하기가 마땅치 않았다.

그나마 다행인 것은 눈앞의 백부가 험악한 외모와는 달리 이치를 먼저 따지려는 것이 몸에 배인 사람으로 보인다는 것이었다.

"배우고자 마음먹었으니 그저 행하고 싶었을 뿐입니다. 조부님께는 송구하게 생각하고 있으며 백부님의 말씀을 듣고 깨우친 것이 있으니 당분간은 더 이상 적공에 대해 생각지 않겠습니다."

연후가 순순히 그리 나오자 금도산은 조금 맥이 빠지는 기분이었다.

특히나 연후가 무공을 배우고자 하는 것이 그 혈통 때문인가 하여 걱정하던 차였기에 완강하게 그것을 만류하고자 했던 것이다.

한데 지금 연후를 보니 딱히 그런 것도 아닌 것처럼 보였다.

연후 역시나 그러한 일로 조부에게 더 이상 심려를 끼치고 싶은 마음이 없었다.

동문수학하는 청년들이 오기 전에는 일상이 답답하여 몰두할 것을 찾고자 했기에 광해경에 집착했던 것도 사실이다.

하나 친우라 할 수 있는 이들이 생겨 매일처럼 새로운

것들을 배우고 나눌 수 있게 되었으니 굳이 내공을 쌓겠다고 세상 밖을 떠돌 이유가 없어진 것이다.

거기다 머잖아 성혼하여 조부 곁을 떠나게 된다 하는데 최소한의 도리를 안다면 유가장에 있는 동안이라도 조부의 마음을 편안케 하는 것이 당연한 일이라는 생각이었다.

"네가 그리 마음먹었다 하니 이 백부가 오히려 미안하구나. 네 나름 생각이 있을 것인데 괜히 백부 노릇 하겠다고 나선 꼴이 되었으니……."

금도산이 그렇게 말끝을 흐리자 연후가 황급히 대꾸했다.

"아닙니다. 조부님이나 백부님께서 절 걱정하시는 마음을 아는데 어찌 그리 말씀하십니까."

"허허허허. 녀석. 내가 정녕 괜한 걱정을 했구나. 괜한 걱정을 했어."

금도산이 흡족한 웃음을 흘린 뒤 한참이나 물끄러미 연후를 바라보았다.

그 시선이 따스하긴 하였으나 마주하고 있는 연후의 심정이 마냥 편하지만은 못했다.

"늦었지만 이제라도 축하를 해야겠구나. 내 한낱 강호의 무부인지라 황궁이나 조정의 일에 관해 자세히 모른다만 그곳이 안정되어야 백성들이 두루 살기 좋아진다는 것만은 잘 알고 있느니라. 부마가 된다 하니 바르고 어진 마음으로 아래를 살피는 사람이 되었으면 싶구나. 네 부친도 그렇게 살기를 바라실 게다."

금도산의 중후한 음성이 이어졌고 연후는 딱히 대꾸할 말을 찾지 못해 고개를 끄떡이는 것으로 답을 대신했다.

내심으로야 제 한 몸 건사하기도 부족하다 여기고 있으며 부친처럼 살고자 하는 생각은 품어 본 적도 없었다.

그저 필요한 곳에서 할 수 있는 일들을 하고 사는 것도 버겁다는 생각이었다.

조부가 여생을 편히 지내시도록 하는 일, 친우들의 학문 수양을 돕는 일, 유가장에 목을 매고 있는 하인들이나 경작지를 관리하며 살아가는 매화촌의 주민들이 그저 근심 없이 무탈하게 지내는 일 같은 것들이 지금 자신이 할 수 있는 전부라 생각했다.

더구나 부마가 된다 하여 딱히 대단한 관직을 제수 받는 것은 아니었다. 다만 조정에 출사하기 쉬워지며 황제의 측근으로 일할 특전 같은 것이 주어진다는 것뿐이었다.

물론 황상이 총애하는 봉명공주의 부마라면 요직에 앉기 쉬울 것이라는 것 정도는 짐작할 수 있었다.

사실 그 일이 요 며칠 연후를 가장 당혹케 하는 일이기도 했다.

조정에 출사할 수 없다는 것을 알게 된 후 치세에 관한 소양을 쌓는 일을 등한시하였는데 이런 일이 생길 줄은 꿈에도 짐작하지 못한 것이다.

더구나 오늘 떠난다 하지만 벌써 이틀이나 유가장에 머물며 조부 곁에 머무는 자운 공주를 대하는 일 역시 쉽지만은 않았다.

그 덕에 무린이나 단목강은 무척이나 신이 난 듯 보였으나 며칠 동안 코빼기도 보이지 않는 사다인이나 자신의 처지는 영 불편한 것이 사실이었다.

여하튼 요 얼마간의 시간이 연후에게는 가장 고민을 많이 한 시기가 되어 버렸다.

낯선 세 청년을 지기로 맞이하고 백부라는 금도산을 보게 되고 거기에 봉명공주와 부마 내정까지, 그간 평온하기만 했던 삶에 비하자면 일상의 틀 자체가 완전히 뒤바뀐 것이나 다름없는 큰 변화였다.

그런 생각으로 심난하기만 연후를 향해 다시 금도산의 음성이 이어졌다.

"어르신께 듣자 하니 조정에 환관이 득세하여 온갖 시비가 끊이질 않는다 하더구나. 부마로 내정된 네게 큰 탈이야 있겠느냐만은 이 숙부가 네게 한 가지 작은 도움을 주고 싶구나. 잠시 팔을 내어 보거라."

"네?"

"내력을 지니고 싶다 하지 않았더냐?"

"하지만……."

"네 헛되이 꿈을 꾸거나 가당치도 않은 생각에 빠져 있다면 크게 꾸짖으려 했으나 이제 보니 그것이 기우라는 것을 알았다. 하여 자그마한 선물을 주고 싶은 것이다."

금도산의 음성이 나직하지만 항거할 수 없는 힘이 실려 있어 연후는 쭈뼛거리며 팔목을 그에게 내뻗었다.

또한 내심으로 대관절 무슨 일을 하려나 하는 궁금증이 이는 것도 사실이었다.

그렇게 내어준 연후의 완맥을 가만히 붙잡은 금도산이 눈을 지그시 감고 연후의 내부로 미약한 기운을 흘려보내었다.

그러면서도 내심 찬탄을 하지 않을 수 없었다.

'허허, 이 나이라면 예전에 근골이 굳고 기혈이 막혔을 줄 알았더니만…….'

태어날 때부터 천생의 무골임을 알아보았으나 가는 길이 전혀 다른 아이였다.

또한 그것이 연후의 모친 되는 이의 마지막 염원이기에 마땅히 지켜 줘야 하는 것이 도리라 생각한 것이다.

자신만큼이나 아니 자신보다 더한 한을 강호에 남기고 간 연후의 모친을 떠올리면 차마 그 일을 연후에게 전할 엄두가 나지 않았다.

또한 그녀 역시 그것을 바라며 숨을 거두었기에 평생을 잊고 지내려고 했었다.

하지만 이제는 그럴 수 없는 이유가 생겨 버렸다.

천인이라 여겼던 의제가 그녀의 죽음으로 점점 변하더니 급기야 행적조차 묘연하게 변해 버린 것이다.

그 일만 아니라면 결코 과거의 이야기를 연후에게 전하려 하지 않았을 것이다.

하지만 이제 연후도 알아야 할 나이였다.

검제의 가문 북궁세가의 패망과 모친의 죽음에 얽혀 있는 비사를 말이다.

"딱히 무공을 익혀 볼 요량이 아니라 하니 전하는 것이다. 오늘 이후 이 백부가 전하는 진기도인의 구결을 조석으로 행하면 앞으로 잔병치레 없이 건강히 지낼 수 있을 것이다. 하니 유념하여 머릿속에 새겨야 할 것이다."

금도산의 음성이 이어지는 순간 연후의 눈이 치켜떠졌다.

갑작스레 몸이 둥실 떠올랐기 때문이었다.

"백부님!"

당황하여 흘러나온 연후의 음성에 금도산이 갑작스레 호통을 쳤다.

"좌정하여 심신을 가장 편안케 하거라."

귓가를 쩌렁쩌렁 울리는 음성과 함께 연후의 몸이 의지와는 상관없이 허공에서 반대편으로 돌아앉아 버렸다.

그 순간 연후는 등 뒤로 널따란 손바닥에 달라붙는 것을 느꼈다.

그와 동시에 전신으로 수천 개의 불벼락이 꽂히는 듯한 강렬한 충격.

"헙!"

"정신을 똑바로 차리거라. 몸 안을 도는 기운이 어찌 나아가는지 세심하게 살펴야 하는 바, 그것을 얻고 잃는 것은 전적으로 네 몫이니라."

금도산의 음성에 연후가 황급히 정신을 차렸다.

몸에 가해지는 충격 같은 것을 받아 본 적이 없는 연후인지라 고통에 머릿속이 타들어 갈 것 같았다. 하지만 도저히 견뎌 내지 못할 정도는 아니었다.

때마침 다시 금도산의 음성이 이어졌다.

"염왕진결이라 이름 붙은 이 심법은 천지간에 가장 강한 화의 기운을 그 근간으로 삼고 있다. 무공으로 익히고자 한다면 마땅히 염왕도와 함께 전수하여야 하나 네 길이 달라 진결로 족하니 부단히 연공하도록 하여라."

염왕도법이 없이는 무용지물이나 다름없는 것이 염왕진결이기에 그것을 전하는 데 망설일 이유 또한 없었다.

또한 이 염왕진결의 기운은 내력으로 남아 힘으로 펼쳐

지는 것이 아니라 말 그대로 천지와 소통한 후 소멸되는 기운일 뿐이었다.

하니 다른 무공과는 어울려 쓸 수도 없는 것이었다.

"첫 기운이 시발하는 곳을 명문이라 한다. 강호의 심법이 하단전을 본으로 삼는 것과 달리 염왕진결은 중단전을 그 본으로 삼는다. 인체에는 누구나 삼문이 존재하는데 이를 하문, 중문, 상문이라 하여 그 쓰임새가 각기 다른 것이나……."

금도산의 이야기가 나직하게 흘러나왔다.

화염지기를 완성하여 화령을 얻게 되는 것은 모두 천지간의 기운 속에서 가능한 일, 지금 금도산이 다다른 경지이기도 했다.

하나 연후가 그리 될 수는 없는 일이었다.

염왕진결은 염왕도법을 알지 못하면 그 자체로 반쪽일 뿐이니 염왕도를 알지 못하는 연후가 화령을 이루어 삼문을 뚫는 일은 당연히 불가능할 수밖에 없는 것이 당연했다.

하나 금도산이 꿈에도 생각지 못하는 것이 있었으니, 그것은 연후에게 광해경이란 기서가 있다는 것이었다.

자칭 고금제일의 천재라는 광해경의 저자 또한 뇌령을 익혔던 인물, 더구나 그것을 넘어 삼문을 하나로 꿰뚫는 근본부터 전혀 다른 무학을 창안해 놓은지라 그 적공의 법이 상문이든 하문이든 중문이든 아무런 상관이 없다는 사실이었다.

그렇게 연후의 몸속에선 지금 거대한 화마가 혈맥을 따라 휘돌기 시작했다.

이전까지 존재했던 무림사를 송두리째 뒤바꿔 놓을 인물에게 그렇게 두 번째 인연이 찾아들고 있는 것이다.

물론 그 첫 번째는 당연히 금도산에게 잡서라고 치부되고 있는 광해경과의 인연이었다.

*　　　*　　　*

"하하하! 공주마마. 이 혁무린을 잊으시면 안 됩니다."

"푸훗! 덕분에 즐거웠어요. 혁 공자."

"하하! 저도 영광이었습니다. 이것저것 가리지 말고 많이 드시고 얼른 크십시오. 제가 장담하는데 조금만 더 크시면 중원제일의 미녀는 바로 공주님 차지가 될 것입니다."

"혀…… 형님!"

도무지 익숙해질 수 없는 혁무린의 말투에 단목강이 사색이 되었다.

황족에 대한 모독죄로 참수가 된다 해도 이상할 것 없는 무린의 태도, 아니나 다를까 군주를 호위하는 어림천위

군의 별장 하나가 무시무시한 눈으로 무린을 째려보고 있
었다.

하나 도무지 무신경한 것인지 그도 아니면 간덩이가 부
어서인지 무린은 전혀 신경 쓰지 않고 해죽 웃기만 했다.

삼 일간이나 유가장에 머물며 스승 유한승에게 배움을
청하던 봉명궁의 군주가 떠나던 오후의 일이었다.

"괜찮아요. 단목 공자. 공자께서도 보중하세요."

자운 공주의 맑은 음성이 이어지자 단목강이 화들짝 놀
라 허리를 접었다.

"더없는 광영입니다. 마마를 봬 온 시간은 마음 깊이
간직하겠습니다."

퍽이나 진지하게 이어지는 단목강의 예에 자운 공주의
눈이 맑게 빛났다.

"단목 공자님과 함께한 시간은 나 또한 무척이나 즐거
웠답니다."

자운 공주가 그렇게 단목강과 석별을 나눈 뒤 한편에
선 연후를 가만히 응시했다.

뭐 당신은 할 말 없나요? 라고 묻는 듯한 눈빛.

그렇게 자운 공주의 맑고 큰 눈이 맑은 빛을 내며 자신
을 향하자 연후가 나오지도 않는 헛기침을 억지로 내뱉었
다.

"크음! 살펴 가십시오. 다시 뵈옵는 날까지 무탈하시기

를……."

연후가 겸연쩍어하며 그렇게 입을 열자 자운 공주가 나직한 한숨을 내쉬었다.

"휴우! 유 공자님이 제일 재미없는 분인 줄 알고는 계세요?"

느닷없는 말에 연후가 황당해할 사이도 없이 그녀가 다시 말을 이었다.

"정말 걱정이랍니다. 평생을 모셔야 할 분께서 이다지도 심심한 분이시라니. 혹여 제가 마음에 아니 드십니까?"

자운 공주의 너무나 급작스러운 물음에 연후는 어찌 대답해야 하는지 판단할 수가 없었다.

그저 농을 건네는 것인지 그도 아니면 정말로 진지한 질문인지도 판단할 수 없을 만큼 당황하고 있었다.

하마터면 평소 여자에 관심도 없거니와 군주님이 여자로 보이지도 않습니다라도 답할 뻔했을 정도였다.

하지만 연후가 바보도 아니었고 아무리 남녀의 일을 모른다 해도 그런 말이 상처가 됨을 모를 정도로 아둔하지 않았다.

그렇게 연후가 잠시 주저하는 듯하자 자운 공주가 잔뜩 볼이 부은 음성을 내뱉었다.

"여기 혁 공자의 말 명심하세요."

"네?"

"곧 제가 중원제일의 미녀가 될 수도 있음을 말이에
요."

큰 눈을 흘기며 섭섭하다는 표정으로 이어지는 자운 공
주의 말에 연후는 또다시 대답할 말을 잃어버렸다.

뭔가 군주의 기분이 나빠진 것 같아 대꾸는 해야겠으나
마땅한 말이 떠오르지 않아 당황한 순간, 다시 한 번 자운
공주의 웃음이 터져 나왔다.

"푸흣! 농담도 통하지 않는 분이로군요. 괜찮답니다. 유
공자님은 그 나름 멋이 있으니까요."

다시금 너무나 밝은 얼굴로 웃고 있는 자운 공주를 대
하며 연후는 잠시 머릿속이 텅 비어 버린 느낌이었다.

이제껏 어리게만 봤는데 공주가 갑자기 엄청 커 버린
것만 같은 기이한 기분이었다.

"어머? 이제야 그런 눈으로 봐 주시네요."

"네? 소생이……."

"조금은 여자처럼 봐 주신다구요. 정말이지 이건 꼭 명
심하셔야 할 거예요. 여심이 무척이나 난해하다는 것이
고금의 진리라는 사실을 말이에요. 그럼 이만 가겠습니
다."

그녀의 맑은 목소리에 연후는 또다시 대답할 말을 잃어
버렸다.

하나 자운 공주는 볼일은 끝났다는 듯 미소를 지으며

마차에 올랐다.

"성혼까지 이 년이나 남았습니다. 그동안 틈틈이 절 떠올려 주세요. 그리고 그때쯤이면 조금은 여자다워져 있을 테니 너무 심려하지 마시구요. 그럼."

마차 안에 앉은 자운 공주가 연후를 향해 고개를 까닥한 뒤 이내 시선을 돌리자 연후가 잠시 멀뚱한 표정을 지으며 서 있었다.

딱히 그녀에게 무얼 기대했던 것은 아니었지만 확실히 여자로 보이지 않았던 것만은 확실했다.

그건 딱히 그녀가 어리다거나 공주라는 이유 같은 것 때문이 아니라 스스로 여인에 대한 호기심 같은 것을 전혀 느껴 보지 못했기 때문이었다.

한데 왠지 지금 자운 공주에게서 그런 속마음을 다 들킨 것만 같아 저도 모르게 얼굴이 화끈거렸다.

그렇게 자운 공주 일행이 유가장을 떠나갔다.

다시 찾아온 어림천위군의 으리으리한 행차가 그녀를 호위한 것은 당연한 일이었다.

하나 연후는 한동안 멍한 눈으로 그 행렬이 사라지는 것을 지켜보며 서 있었다.

한데 묘한 것은 단목강의 표정이었다.

그 얼굴 또한 무언가를 상심한 듯 절로 근심이 얼굴에 드러나 있었으니 무린이 혀를 차는 것도 이해할 수 있는 일이었다.

"쯧쯧쯧쯧! 이 형님이 너희 놈들 한 수 지도해 줄까? 좋다. 까짓거! 오늘 당장 북경이다. 강아! 그 옥패 좀 다시 빌리자."

"혀…… 형님! 대관절 북경은 왜?"

"오늘 네놈들을 진정한 사내로 만들어 주마!"

"네? 그게 대체 무슨 말이십니까?"

"뭐, 그런 게 있다. 아무튼 가자. 사다인 그 녀석도 부르고. 어때?"

혁무린이 잔뜩 들뜬 얼굴로 물어오자 연후가 고개를 내저었다.

"오늘은 사양하고 싶구나. 워낙 많은 일을 겪은지라 좀 쉬고 싶다."

"쳇! 재미없는 녀석. 너 틀림없이 공주님한테 쫓겨나고 말 거다."

"무린 형님!"

"너도 마찬가지야! 짜식아! 그렇게나 마음에 들면 뭔가 강렬한 인상 같은 걸 심어 줘야지……. 내내 형님! 마마! 황공합니다. 송구합니다. 그런 말밖에 못하냐?"

"정말 이러실 겁니까?"

"강아! 잘 들어라. 남녀의 일이란 그 누구도 모르는 것이다. 가령 어느 날 의형이 비명에 가고 그 의제가 비통해

하는 형수와 불같은 사랑을 피운다 하여 전혀 이상할 것
이…….”

퍼퍽!

일순간 혁무린의 뒤통수로 불이 번쩍였다.

“시끄러운 녀석! 그게 친우한테 할 소리냐!”

언제 나타났는지 사다인이 날린 솔방울 하나가 무린의
뒤통수를 사정없이 때렸기 때문이었다.

혁무린의 화끈거리는 뒤통수를 감싸며 사다인을 향해
해죽 웃었다.

“너, 공주가 가자마자 튀어나오네. 정말은 혼자서 심심
했던 거지?”

자운 공주가 있는 동안 내내 코빼기도 비추지 않던 사
다인을 보자마자 또 한 번 놀리는 무린.

사다인도 맥이 빠진 표정으로 웃을 수밖에 없었다.

조금 전만 해도 정말로 화가 날 뻔했던 사다인, 농담도
할 것이 있고 아니 할 것이 있다는 생각이었다.

한데 웃고 있는 무린을 보자니 별로 화가 나지 않았다.

‘정말 이상한 녀석이다. 너는…….’

사다인이 물끄러미 혁무린을 바라보았다.

그렇게 네 청년이 며칠 만에 다시 한 자리에 모인 오후
무렵, 여름밤을 고하는 매미들의 자지러진 울음소리가 점
차로 더욱 커져 갔다.

그렇게 유가장과 매화촌 전체를 휘감아 가고 매미들의 울음소리가 울려 퍼질 무렵 기다렸다는 듯 매화촌의 외곽에서 은밀한 움직임들이 시작되었다.

*　　　*　　　*

땅거미 어스름하게 내려앉을 시기가 되자 별원 밖으로 금도산이 모습을 드러냈다.

"무슨 일이시오?"

냉막하게 이어지는 금도산의 음성에 별안간 별원의 담장 위로 늙수레한 노인 한 명과 흑의를 입은 중년 사내 하나가 모습을 드러냈다.

"헐헐헐! 사람 하고는. 볼일이 있으니 불렀지. 괜히 농이나 주고받자고 불렀겠는가."

노인의 음성이 이어지자 금도산의 눈가가 씰룩했다.

"스스로 정체조차 밝히지 않는 이와 나눌 이야기 따윈 없소이다."

여전히 차갑기만 한 금도산의 태도에 초노가 대놓고 혀를 찼다.

"쯧쯧! 융통성 없기는……. 그저 사정이 있으려니 하고 넘기면 될 일을 가지고. 그나저나 알려 줄 일이 있어 왔네."

초노 역시 길게 말을 섞을 이유가 없는 터라 용건만 간단히 꺼내 놓을 태세였다.

한데 정작 초노는 옆에 선 흑의인 암천을 채근했다.

"뭐 하냐? 내게 했던 말 고대로 전해 주거라."

그동안에도 금도산은 무심한 눈길로 두 사람을 바라볼 뿐이었다.

그러자 암천이 담장에서 훌쩍 뛰어내린 뒤 금도산을 향해 정중히 포권을 취했다.

"단목세가 음자대의 대주 암천이 금 대협께 정식으로 인사 올립니다."

암천의 말에 금도산이 냉정하게 입을 열었다.

"누군지는 알고 있소. 용건은?"

단목이란 성에 강이란 이름을 가진 청년이 유가장에 머문다는 것을 알고 이미 충분히 그의 정체를 짐작하고 있었다.

하니 연후나 유가장이 혹여 강호의 일과 얽히게 될까 걱정하는 금도산이 암천이나 정체 모를 노인의 존재가 마땅치 않음은 당연한 일이었다.

더구나 노인은 스스로도 승부를 장담할 수 없을 정도의 고수, 그런 인물이 가복으로 있다는 청년의 정체 또한 근심이 아니 될 수 없는 일이었다.

그런 금도산의 싸늘한 태도에도 불구하고 암천은 예를

잃지 않았다.

"금일 자시 초를 기점으로 유가장과 이 마을 전체를 습격하는 이들이 있을 것입니다."

암천의 느닷없는 말에 금도산의 얼굴이 더없이 뒤틀렸다.

일전에 유한승에게 들은 일도 있고 또한 요 며칠 봉명 공주의 행차로 내외가 소란한 것을 느끼긴 하였으나 설마 그러한 일이 벌어질 것이라고는 꿈에도 생각지 못한 것이었다.

금도산의 굳어진 얼굴을 확인한 암천이 다시금 재빠르게 말을 이었다.

"유가장을 직접 칠 이들은 동창 중에서도 내밀원의 위사들입니다. 아시는지 모르겠으나 내밀원은 흑천(黑天)의 무공을 이은 이들로 대내에선 따를 자가 없다 알려진 고수들입니다."

연이어진 암천의 말에 금도산의 얼굴이 다시금 크게 일그러졌다.

"지금 흑천이라 하였는가?"

그 놀람이 얼마나 컸는지 되묻지 않을 수가 없었다.

흑천이라면 한때 강호무림을 붕괴 직전까지 내몰고 갔던 전무후무한 세력의 이름이었다.

원 황실을 등에 업고 철저히 강호무림을 무너뜨려 가던

이들, 하나 검제란 신인의 등장으로 완벽하게 사라진 이들이 바로 흑천이란 존재였다.

한데 그 과거의 잔재가 어찌 아직까지도 이어지고 있다 하니 의구심이 들지 않을 수 없었다.

"단목세가의 정보 중에서 최상위 정보라 할 수 있는 것 중 하나입니다."

암천의 대답에 금도산은 다시 한 번 고개를 끄덕일 수밖에 없었다.

천하제일가라 불리며 상계와 무림의 한 편을 완벽히 틀어쥐고 있는 그들이 정보력이라면 능히 신뢰할 만하다는 생각이었다.

"그뿐 아니라 마적 떼로 보이는 이들 사십이 매화촌 십리 밖에 대기 중입니다. 시간이 급박하여 자세한 정체를 확인할 수는 없었으나 그 행색으로 보아 관외에서 들어온 자들인 것으로 보입니다."

"마적 떼라니……. 설마?"

금도산이 다시 한 번 눈을 치떴다.

"내밀원이 유가장을 친 후 마적 떼로 하여금 마을 전체를 쓸어버릴 계획인 것으로 사료됩니다. 하여 이 사실을 금 대협께 알리고자……."

금도산은 너무도 황당하여 잠시 멍한 표정일 수밖에 없었다.

대륙의 거의 모든 학자들에게 존경 받는 유가장을 향해 어찌 이런 말도 안 되는 짓을 벌이려는 이가 있는지 그저 기가 막힐 노릇이었다.

"흉수는 누구라 짐작되는 것이오?"

이야기를 이어 나가면 이어 갈수록 암천을 대하는 금도산의 태도는 부드러워질 수밖에 없었다.

"내밀원을 움직일 수 있는 이들은 많지 않습니다. 아마도 사례감을 쥐고 있는 내관 중 한 명일 것입니다만, 하나그쪽은 접근 자체가 불가능한 곳인지라……."

암천의 조심스러운 대답에 금도산은 나직하게 고개를 끄덕였다.

연후가 부마로 내정되었다는 이야기를 꺼내며 걱정 가득하던 유한승의 그 눈빛이 그제야 온전히 이해가 되는 것이었다.

"사람 사는 곳은 어디나 똑같다는 뜻인가……."

저도 모르게 한탄처럼 이어진 금도산의 음성에 이제껏 잠잠하던 초노가 입을 열었다.

"어느 쪽인가?"

난데없는 그 물음에 금도산은 고개를 갸웃할 뿐이었다.

"내밀원인가 하는 녀석들하고 마적 놈들하고 어느 쪽을 상대할 것이냔 말이세."

그제야 노인의 뜻을 온전히 이해할 수 있었다.

제 한 몸 건사해야 하는 싸움이 아니었다.

유가장의 식솔들뿐 아니라 아무 죄 없는 마을 주민들까지 돌봐야 할 일.

혼자서 얼마가 될지 모를 이들의 칼날 아래 그들 전부를 구해 낼 수 있다고 장담할 수 없음은 당연한 일 아니겠는가.

노인이나 암천이란 사내가 나타나 이야기를 꺼내는 이유 또한 그 때문임을 이해할 수 있었다.

"제가 유가장을 맡도록 하지요."

노인을 향한 금도산의 태도가 조금은 공손해졌다.

"헐헐헐헐! 그리하게나. 하면…… 이 늙은이가 마적 놈들을 맡도록 하지."

"하면 저는……."

때마침 들려온 암천의 말에 노인이 대뜸 암천을 구박했다.

"개뿔도 없는 실력으로 어딜 나서! 네 주인 곁에 얌전히 처박혀 있어라. 혹시 모를 일이나 대비해 공자들이나 잘 지키거라. 한 손이 열 손을 감당하자면 무슨 일이 벌어질지 모르니……."

"넷!"

"미리 말해 두지만, 혹시나 소공께 무슨 일 생기면 네 놈은 상상도 못할 일이 벌어진다는 것을 꼭 기억해야 할 것이다."

그 말을 내뱉은 초노인의 음성이 어찌나 무시무시한지 잠시 동안 금도산마저 살갗에 소름이 돋는 것만 같은 기분이었다.

날이 갈수록 노인이나 혁무린이란 청년의 정체가 궁금해지는 것은 암천이나 금도산 모두 매한가지였다.

*　　　　*　　　　*

내밀원은 황성 안에서도 아는 이가 거의 없는 특수한 조직이다.

그 시작 자체가 영락제가 연왕이라 불리던 시절 정적들을 제거하기 위해 은밀히 육성한 곳이기 때문이었다.

또한 이 내밀원이야말로 연왕이 하늘을 뒤집는 일을 성사시키도록 만들어 준 진정한 힘이라는 것은 아는 이조차 매우 극소수에 불과한 사실이었다.

하나 그 내밀원의 연원을 따지고 들자면 명조가 들어서기 훨씬 이전의 대륙사를 살펴야만 한다.

몽고의 백만 기마대가 전 중원을 휩쓸어 가던 시절 강호는 모두 숨을 죽였다.

오직 흑도나 사파로 칭해지며 이전까지 강호인들에게 철저히 경원시되던 이들만이 원의 황실과 결탁하여 강호무림을 쑥대밭으로 만들었으니 그들은 흑천회란 이름으로 강호를 지배하였다.

오랜 세월 핍박과 멸시 속에 살던 흑천회의 원한은 실로 거대했으며 차근차근 강호상의 문파를 지워 나갔다.

살아남으려면 자파의 무공 절기를 비급으로 만들어 흑천회에게 바쳐야 했으며, 그것으로도 모자라 원 황실 앞에 충성을 서약하는 굴종의 연판장에 혈인을 찍어야만 했다.

그 치욕을 감내할 수 없어 흑천회에 대항한 이들도 분명 존재했으며, 그 굴욕을 참기 힘들어 스스로 목숨을 끊은 이 또한 헤아릴 수 없었다.

하나 흑천회가 등에 업고 있는 백만 기마대의 위용 앞에 그 저항은 너무나 무의미할 뿐이었다.

또한 새로 들어선 원 황실에게 이전까지 관과 무림의 불간섭이란 묵계 따윈 씨알도 안 먹힐 소리였으며 그 중심엔 언제나 흑천회가 있었다.

오직 비급을 바치고 연판장에 혈인을 찍은 문파만이 강호에 존속할 수 있는 참담한 시대가 도래한 것이다.

구대문파와 오대세가라는 이들마저 결국 그 앞에 무릎을 꿇었으니 다른 군소문파들 사정이야 뻔한 일이었다.

흑천겁이라 불리는 기나긴 암흑의 시대가 그렇게 시작되었으며 그동안 흑천회와 맞서 일어선 이들이라곤 오직 거지라 멸시받던 개방과 무인 취급도 받지 못하던 표국회의 표사들, 그리고 독공을 쓴다 무시당하던 운남의 천독문 정도가 전부였다.

하지만 강호에 의기가 꺾이지 않을 것이라 외치며 맞선 그들의 항전은 참혹한 결과를 낳았으며 이제는 그들의 명맥조차 찾기 힘든 처지가 되어 버렸다.

그 참혹했던 흑천겁의 시간이 무려 반백 년이나 이어졌으며 대륙은 원과 흑천회를 받아들여야 했고, 그 시간은 영원히 이어질 것만 같았다.

하나 한 명의 신인이 등장하여 그 시대를 종결지었으니 그가 바로 환우오천존 중 마지막을 차지하고 있는 검제 북궁황이었다.

그 시대의 이야기야 너무나 많은 의견들이 분분하여 무엇이 사실이라 말할 수도 없으나 한 가지 확실한 것은 검제에 의해 흑천회가 괴멸되었다는 것이며, 검제의 등장 이후로 원 황실 역시 이전의 황조들처럼 강호의 일에 간섭하지 않게 되었다는 것이었다.

그 시절 흑천회는 분명 괴멸되었다. 하나 그 뿌리가 되었던 강호상의 수많은 무공 비급들이 황성 깊은 비고 안에서 은밀히 보관되어 오다 연왕에 의해 다시 빛을 보게 된 것이다.

그 후 연왕은 그 비급들을 자신의 수족과 같은 이들에

게 전하여 익히게 하여 힘을 길렀으니 그것이 바로 내밀원의 시작이었다.

또한 그 내밀원이 있었기에 연왕은 조카를 폐하고 스스로 새로운 하늘이 될 수 있었다.

그 과정에서 내밀원의 존재가 세상에 알려지지 않을 수 없었다.

당연한 듯 처음엔 연왕과 강호무림이 결탁하였다는 소문이 나돌았지만, 진실이 은폐될 수는 없으니 결국 모든 사실이 만천하에 드러나게 되었다.

그 후 강호는 다시 한 번 발칵 뒤집혔다.

오래전 흑천회와 함께 사장되었다고 믿었던 자파의 진산절기들이 연왕이라는 패황의 손아귀에 쥐어져 있다는 사실을 알게 되었으니 어찌 좌불안석이 되지 않았겠는가.

더구나 연왕은 그 비급들로 인해 뜻을 이루었다 기뻐하며 강호인들을 불러 그들 앞에서 산더미 같은 비급들을 불태워 없애는 것으로 일을 종결지었다.

또한 그 자리에서 이전의 황실처럼 관과 무림의 불간섭을 천명하였으니 그제야 강호도 다시금 평화의 시대를 맞게 되었다.

그렇다고 해도 그 내밀원이 하루아침에 없어질 수는 없으니 내밀원이 익히고 있는 무공들이야말로 강호무림 전체를 축소해 놓은 것이나 다름없다 할 수 있는 명문대파의 무공들인 것이다.

그 내밀원의 인물들 중 최고수라 불리는 이들 스물이 유가장을 향해 움직이고 있는 것이다.

그들이 해야 할 일이라곤 고작 늙은 노학사와 어린 유생들을 쥐도 새도 모르게 죽이는 일. 그 뒤 마적 떼에 의해 마을 전체가 사라지는 광경을 지켜보기만 하면 되는 일이었다.

또한 그 소행이 마적 떼에 의한 것임을 증명하여 줄 생존자 몇을 남기는 것이 내밀원이 마지막으로 해야 할 일이었다.

내밀원이란 본시 그런 은밀한 일들을 행하기 위하여 존재하는 이들, 스스로의 임무에 의문을 가질 이유조차 없었다.

그들이 그렇게 은밀히 유가장의 담을 넘었다.

너무나도 쉬운 일, 누구 하나 긴장 같은 것을 할 이유조차 없었다.

한데 상황은 전혀 예기치 못한 방향으로 흘러갔다.

대체 왜, 유가장에 이런 정도의 인물이 존재하는 것인지 이해할 수 없었다.

내밀원 최고수 중 하나이며 오늘 이 모든 일의 책임자인 사내 환사는 감히 움직일 생각조차 할 수 없었다.

눈앞에서 거대한 대도로 서걱 소리를 내며 수하들의 몸뚱이를 쪼개고 있는 외팔 사내를 보며 부들부들 떨고 있을 뿐이었다.

그 압도적인 강함 앞에 수하들은 비명조차 제대로 내뱉지 못하고 죽어 나갔다.

그렇게 넋이 나가 있던 환사는 미칠 것 같은 노성을 내뱉으며 검 끝으로 모든 진기를 폭발시켰다.

"이 노옴!"

우우웅!

청운적하라는 이름이 붙은 위대한 검공이 실핏줄 같은 검기를 뿌리며 외팔 사내의 목줄기를 향해 뻗어 갔다.

그 짧은 순간 환사의 얼굴에 서린 것은 그럼 그렇지라는 덧없는 생각이었다.

'어! 이게 아닌데……'

찰나간 몸이 가뿐해지는 기이한 경험을 느낀 뒤 저 아래 자신의 몸뚱이가 쓰러지는 것을 볼 수 있었다.

또한 그런 자신의 몸뚱이에서 목이 없다는 사실을 인지한 것이 전부였으며 그때 이미 그의 생각도 덧없이 끝나 버렸다.

대학당으로 이어지는 정원에는 이제 육편이 되어 버린 시신 스무 구만 남았을 뿐이었다.

그 가운데 홀로 선 사내 금도산의 눈빛이 더없이 차가

운 한광으로 빛이 났다.

그 순간 금도산의 음성이 허공을 향해 나직하게 이어졌다.

"다들 별다른 이상은 없는가?"

"노장주님께선 편히 주무시고 계시며, 다른 공자 분들역시 대학당에 모여 담소를 나누고 계십니다. 한데 외람되오나 어찌해서 도주하는 이는 살려 주신 것인지요?"

암천이 조심스레 물었다.

습격한 이들 뒤에 또 다른 이가 하나 숨어 있다는 것을자신이 느꼈다면 도왕이 알아채지 못했을 리 없었기 때문이었다.

그가 도주를 시작하자 뒤쫓아 척살할까 하는 생각을 했으나 그를 살려 둔 도왕의 의중을 몰라 참아야만 했다.

"다 죽으면 또 올 테지만 그 하나가 살아가면 당분간은얼씬도 못할 것이라 그리했다네."

"하지만 그리 되면 금 대협께서 여기 계신 것이 강호에알려질 수도……."

암천은 저도 모르게 걱정스러운 음성을 내뱉었다.

자신도 알아본 도왕의 정체를 도주자라 해서 모른다고단정할 수 없었다.

그리 되었다가 소문이 퍼져 그 존재가 드러난다면 당연히 화산이 움직일 수 있으니 금도산의 내심을 이해하기 힘들었다.

한데 금도산의 대답은 너무나 의외였다.

"이제는 다시 등을 보일 이유가 없다 해서 세상에 나온 것일세. 원한다면 얼마든지 싸워 줄 생각이라네."

금도산의 나직한 음성, 암천은 저도 모르게 밀려온 한기에 몸을 떨었다.

그 순간 담장 한편에서 늙수레한 노인의 웃음소리가 이어졌다.

"헐헐헐헐! 깔끔하구면. 정말 깔끔해!"

초노가 모습을 드러낸 후 매우 흥미롭다는 얼굴로 널브러진 시신들을 살폈다.

"설마 마적 떼 사십을 벌써 처리하신……?"

꽤나 놀란 듯 이어진 암천의 물음에 초노가 잔뜩 인상을 찌푸렸다.

"놈! 내가 무슨 살인귀인 줄 아느냐! 그냥 조용히 파묻어 두었을 뿐이다."

"허걱! 파묻다니요?"

"한번 봤잖느냐?"

"아!"

암천이 저도 모르게 탄성을 내뱉었다.

며칠 전 도왕과 초노의 대결 때 본 그 기이한 흙벽을 말하는 것이리라.

금도산의 어마어마한 도강을 땅거죽을 뒤집어 치솟아오르게 한 뒤 막아 내던 노인의 기경할 능력.

노인이 그것을 무토진기 공벽의 술이라 했던 것이 기억났다.

암천이 조심스레 노인을 쳐다보았다.

정말 가르쳐 주실 건가요 하는 눈빛, 때마침 초노가 나직하게 웃으며 답했다.

"헐헐헐헐! 우선 요기 먼저 깨끗이 정리해야지…… 어지간하면 흔적을 남기지 말아라."

"아! 넷. 이런 일은 제 전문 분야라 할 수 있습니다."

언제부터인가 노인의 말이라면 하늘처럼 따르기 시작한 암천이었다.

그런 두 사람을 지켜보는 금도산의 눈빛이 편하지만은 않았다.

날이 갈수록 노인의 정체가 궁금했다.

그러면서도 마음 한구석이 승부를 원하며 꿈틀 요동치는 기분이었다.

'그래도 내가 이긴다.'

그런 마음을 먹은 순간 묘하게도 노인의 눈이 금도산과 마주쳤다.

노인이 다시 웃었다.

"헐헐헐헐! 당분간 소공 좀 살펴 주게나. 일단 이 일도 끝난 듯하니 며칠 자리를 비워야 할 듯하니."

금도산이 당황한 얼굴이었다.

"왜 내게 그런 부탁을……?"

"전장을 함께 누볐으니 마땅히 전우가 아니겠는가? 거기다 소공과 자네 조카가 친우면 우리가 어찌 남이 될 수 있겠는가……. 흘흘흘……."

뜻하지 않은 초노의 부탁에 금도산은 이마로 삐질 하고 땀방울이 흘러내리는 기분이었다.

"대관절 왜 내가 당신과……."

第八章

태동

광안이란 말 그대로 빛을 보는 눈을 이름이다.

　하나 그 수련의 법이 참으로 지고한 인내를 필요로 함이
니 본좌 또한 십오 년 참오 끝에 그것을 이루었다고 누차
말한 바를 기억할 것이다.

　하나 앞서 걸었던 본좌가 있음이 연자에게 크나큰 복인
바, 그 광안을 얻기 위한 하나의 길을 만들었으니 그것이
능관선법의 입문인 천광류관해진결(天光流觀解眞訣)이다.

　하나 관해진결 또한 그 수련의 법이 참으로 지고한 인내
를 필요로 함이니 대저 모든 공부가 그러하듯이 일로정진
만이 유일한 길임을 잊지 말아야 할 것이다.

관(觀)이라 함은 세상의 결을 보는 것, 모든 형체 있는 것과 그렇지 못한 것들조차 그 안에 존재하니 빛이라 한들 결이 없을 수가 없다.

본좌 또한 처음에는 세상의 모든 아둔한 이들처럼 이 빛이 형체도 무게도 없는 것이라 받아들인 것이 당연하였다.

하나 형체도 무게도 없는 것이 변화할 수 없는 것이다.

광에도 절이 있고 환이 있고 변이 있음이니 칠채예홍이 바로 이를 증명하는 것이니라.

이는 만물과 같이 광(光) 역시 유동의 삼법 안에 존재하는 하나의 실체로 보아야 함을 의미하는 것, 관해진결은 여기서 시작된다.

수백, 수천 번을 설명한다 한들 실제로 깨우치지 못한다면 자신의 것이 되지 못함이 고금의 이치인 법, 연자는 이후로 매일 미명이 밝아 오기 전 동녘 하늘을 주시해야 할 것이다.

되도록 높은 곳에 올라 이를 행하며 좌정하여 천광류관해진결을 운용토록 하거라.

깨우침은 찰나의 시간에도 오는 것이며 천 년 만 년이 지나도 오지 않을 수 있는 것이니 당장의 효용을 바라지 않더라도 부단히 연공하는 것만이 유일한 길이라 할 것이니라.

동이 터 올 무렵 매화촌 뒤편에 자리 잡은 야트막한 산 정상에 연후가 좌정을 한 채 앉아 있었다.

딱히 무언가를 하고자 올라온 것은 아니었다.

요 얼마간 마음이 심란하여 뒤척이다가 새벽바람이나 쐬어 볼까 하는 마음으로 산에 올랐다가 운공 삼매경에 빠져 버린 것이다.

여름날 새벽이라 하나 제법 쌀쌀하게 느껴지던 바람이 좌공을 행한 뒤부터 기이하게도 훈풍처럼 몸 주위를 감싸는 느낌이었다.

'염왕진결이란 것이 이토록 신묘하다니…….'

며칠 전 백부 금도산에게 이해 못할 일을 겪으면서 알게 된 것이 염왕진결이란 운공법이었다.

부단히 익힌다면 남은 평생 잔병치레 없이 살 수 있다던 염왕진결, 한데 백부가 이른 바 대로 행하니 주변에서 따스한 기운들이 몸 안으로 빨려 들어오는 것 같은 기이하고도 낯선 경험을 하고 있는 것이다.

시간이 지날수록 숨을 내쉬는 것이 편하여졌다.

코로 숨을 빨아들이며 그 숨을 몸 안 구석구석에 퍼트린다는 생각을 하기만 하면 절로 몸 안에 길이 열린 듯한 느낌이 들었다.

그러면서 그 길을 따라 따스한 기운이 몸을 휘돈 날숨

이 되어 입으로 빠져나갔다.

그렇게 호흡을 들이켰다 뱉는 시간은 진결의 운용이 계속되면 계속될수록 점차 길어져, 운공에 들어가고 반 시진이 될 무렵에는 호흡 한 번에 반 각이나 되는 시간이 흘러갈 지경이었다.

하나 연후는 자신이 숨을 한 번 들이켰다 내쉬는 시간이 그렇게나 오래 걸린다는 사실마저 인지하지 못할 정도로 염왕진결의 운용에 빠져 있었다.

특히나 들숨으로 들어왔던 기운이 몸의 절반을 돌아 배꼽 아래쪽에 잠시 머물 때가 되면 무언가 아쉬운 기분이 가득하여 날숨으로 내뱉고 난 뒤 곧바로 또다시 염왕진결을 운용하게 되는 것이다.

그렇게 거의 한 시진가량이나 이어지던 운공이 연후의 기나긴 호흡과 함께 멈추었다.

"후우웁!"

그렇게 숨을 길게 내뱉던 연후가 눈을 번쩍 뜨며 잔뜩 인상을 찌푸렸다.

마땅히 상쾌해야 할 새벽 공기 속에 지독한 악취가 느껴졌기 때문이었다. 인분이 백 년은 썩어야 풍겨날 것 같은 악취에 상쾌했던 기분이 완전히 망가져 버린 연후가 자를 털고 일어났다.

"대체 어디서 이런 지독한……"

혼잣말을 내뱉던 연후가 악취의 진원지를 찾아 두리번거리다 흠칫하며 멈췄다.

도룡지기.

정신을 혼미하게 만들 정도로 지독하기만 한 그 냄새가 자신의 의복에서 올라오고 있다는 것을 알았기 때문이었다.

연후는 잠시 황당한 눈빛으로 입고 있던 유삼을 살폈다.

아직 환하게 날이 밝은 것은 아니었으나 푸릇하던 유삼이 시꺼멓게 변해 있다는 것만은 확인할 수 있었다.

"도룡지기(屠龍之技)에 빠져 애꿎은 하인들만 고생시키겠구나."

자란 환경이 유학자의 그것인지라 상황을 인식하는 것도 그 틀 안에서 벗어나기 힘든 연후였다.

도룡지기란 말은 장자 열어구편에 나오는 말로 자구의 뜻 그대로 용을 잡는 재주라는 뜻이었다.

하나 세상에 용이 없으니 그 재주를 익혀 사용할 곳이 없다는 뜻으로 불필요한 재주를 익히기 위해 시간을 탕진하는 이들을 질책하는 말이기도 했다.

연후는 고개를 절레절레 흔든 뒤 산 아래쪽을 향해 뒤돌아섰다.

"괜한 열락에 빠져 이토록 찝찝한 기분이라니……. 백

부님도 어찌 이러한 것을 조석으로 행하라 하셨는
지⋯⋯."

마음속으로 다시는 백부가 전하여 준 염왕진결을 함부
로 행하여선 안 되겠다는 생각이 들었다.

이렇듯 지독한 악취를 풍기는 사람을 그 누가 가까이하
겠는가 하는 마음이었다.

행여 누군가에게 이런 몰골을 들키게 될까 마음만 바빠
진 연후의 걸음이 산 아래로 빠르게 이동하였다.

하나 그런 생각 때문에 간과한 것이 있었으니 자신의
발걸음이 말도 못하게 가벼워졌다는 사실을 인지하지 못
하고 있다는 사실이었다.

또한 그것은 연후에게 진결을 전한 금도산조차 전혀 예
기치 못한 일일 수밖에 없었다.

단 한 번의 운공요상으로 스스로 몸 안의 탁기를 제어
하여 모공 밖으로 배출시킬 수 있는 자질이 연후에게 있
다는 사실을 그 어찌 상상이나 할 수 있었겠는가.

다만 오랜 세월을 익혀 차츰 강건한 신체를 만들어 주
고팠던 금도산의 바람은 채 하루도 지나지 않아 그렇게
어긋나기 시작했다.

그렇게 연후가 유가장을 향해 부단한 걸음을 옮기던 차
갑작스레 우뚝 멈췄다.

때마침 푸르게 변한 동녘 하늘로 강렬한 빛이 치솟아오

르고 있는 것을 목격하게 된 것이다.

한여름의 태양답게 치솟아오르는 그 빛 또한 강렬하여 연후가 걷고 있던 산자락 사이사이도 순식간에 명암이 엇갈렸으며, 그때 연후의 머릿속으로 잠시 광해경의 한구절이 떠올랐다.

보이는 것이 모두 현재가 아니며 보고 있는 모든 것이 광의 시차만큼의 과거이니라.

연후는 잠시 동안 그렇게 산 중턱에 선 채 저 멀리 야트막한 구릉 위로 떠오르고 있는 붉은 빛무리를 바라보았다.

그런 연후의 입에서 중얼거리는 듯한 혼잣말이 떠올랐다.

"어차피 전부 도룡지기인가⋯⋯. 그렇다면 차라리 이런 불편함이 없는 걸 익혀 보는 게 나을지도⋯⋯."

염왕진결보다는 차라리 광해경의 능광선법을 익혀 볼까 하는 생각이 불쑥 연후의 뇌리를 스쳐 갔다.

이전까지는 시도조차 할 수 없었는데 몸 안에서 느껴지는 따스한 기운 때문인지 불현듯 그런 생각을 품게 된 연후였다.

                    *   *   *

　"지금 뭐라 했느냐?"

　허공을 향해 날카롭게 이어지는 목소리는 변성기 소년의 그것처럼 끝이 갈라져 더욱 소름이 돋는 느낌이었다.

　그 음성과 함께 화려한 무늬의 천정 한편에서 물방울이 떨어져 내리듯 시커먼 그림자가 목소리의 주인 앞으로 떨어져 내렸다.

　"환사를 비롯한 내밀원 위사 전원 사망, 적풍사 사십이 명 전원 실종이라 아뢰었나이다."

　흑의를 걸친 사내가 부복하여 입을 열자 침상에 반쯤 누워 있던 늙은 환관의 눈빛에 한광이 번뜩했다.

　"사흘간이나 소식이 없더니만 고작 한다는 소리가 그렇단 말이지? 대체 유가장 따윌 치러 가서 내밀원 위사 스물이 죽어 나갔단 말을 믿으란 말이더냐?"

　"곧바로 아뢰지 못한 것은 혹여 꼬리가 붙을까 우려되어 그랬사옵니다."

　복면인이 그대로 머리를 바닥에 찧으며 답을 하자 늙은 환관의 눈빛이 더욱 차갑게 변해 갔다.

　황제조차 손바닥 안에 쥐고 흔든다 알려진 자금성 막후의 절대자가 바로 흑의인을 쏘아보고 있는 늙은 환관이었다.

사례감이나 별감부의 최고위 환관들조차 그 앞에 숨을 쉬지 못할 정도의 힘을 지닌 존재, 단지 태공공이라는 은밀한 이름으로만 알려진 이가 바로 늙은 환관의 정체였다.

그 태공공이 누구보다 신뢰하는 이가 바로 눈앞의 음사란 인물이었다.

하나를 지시하면 둘을 알아서 처리할 줄 아는 이로 이제껏 그에 대한 믿음만큼은 단 한 번도 흔들려 본 적이 없었다.

"도적 떼야 그렇다 쳐도 누가 있어 내밀원의 고수 스물을 벨 수 있단 말이더냐?"

태공공의 목소리는 더욱 낮아져 흡사 쇠가 갈리는 듯 귓가를 자극했다.

"도왕으로 추정되는 인물에게 환사와 내밀원 위사들이 당했사옵니다."

"도왕? 그게 뭐 하는 놈이더냐?"

"강호칠패로 꼽히는 무인으로 십여 년 전 죽었다고 알려진 인물인지라 그가 반드시 도왕이라 장담할 순 없사옵니다. 하나 그가 도왕일 가능성은 팔 할 이상이라 사료되옵니다."

"흐음! 칠패라는 이름이 천중십좌란 녀석들보다 앞서 있는 것이더냐?"

"아, 아니옵니다."

대답하는 흑의인이 잠시 머뭇거렸다.

실상 눈앞의 환관 역시 강호상에선 그 칠패 중 한 명으로 불리고 있다는 사실을 잘 알고 있었기 때문이었다.

하나 그 사실이 알려져선 좋을 것이 없다는 것을 잘 아는 듯 흑의인이 재빠르게 말을 이었다.

"과거의 이름값이라면 결코 도왕 홀로 이러한 일을 벌일 수 없사옵니다. 잠적한 지 십여 년 세월이 흘렀으니 그간 새로운 성취를 이룬 듯합니다."

"흐흠! 귀찮게 되었도다. 결국 그 늙은이들을 부려야 한단 말이로구나."

태공공의 얼굴이 영 마땅치 않은 듯 일그러졌고, 그때 바닥에 엎드려 있던 흑의인 음사가 황급히 말을 이었다.

"공공! 도왕 말고도 문제가 더 있사옵니다."

"뭐라?"

"단목세가의 소가주가 유가장에 거하고 있사옵니다. 그 때문에 암중 호위가 만만치 않은 듯하며 적풍사의 실종 또한 단목세가가 개입되어 있을 가능성이 높사옵니다. 신이 늦어진 것도 그 사실을 확인키 위함이었사옵니다."

흑의인의 대답에 잠시간 가라앉았던 환관의 눈빛에서 다시 한 번 소름 끼칠 정도의 한광이 뿜어졌다.

"단목세가? 그건 또 뭐 하는 놈들인고?"

"단목세가는 감히 경시할 수 없는 세력이옵니다. 일전에 공공을 뵙기 청하던 갈 노야란 자가 속한 천하상단이 그 단목세가의 소유입니다."

"오호! 그 칠채보원주를 진상한 놈을 말하는 것이냐?"

"그렇사옵니다. 하나 그의 신분은 고작 천하상단의 열 명의 지단주 중에 한 명일 뿐입니다. 그들 전체의 금력은 실로 대단하여 대륙의 절반을 사들이고도 남을 정도라는 이야기가 떠돌고 있사옵니다."

음사의 연이어진 음성에 환관의 붉은 입술이 씰룩였다.

"감히 그따위 무도한 소리가 떠돌다니……. 이참에 그 놈들마저 모조리 도륙하여 버리면 될 일이로구나."

말을 내뱉는 동안 태공공의 전신에서 감히 항거할 수 없는 사이한 공력이 뿜어지자 음사는 엎드린 채로 바들바들 떨어야만 했다.

하나 그는 자신의 임무가 무엇인지 잘 아는 듯 억지로 음성을 쥐어짰다.

"공공! 노기를 거두십시오. 단목세가는 그 금력보다 지닌 무력이 더한 곳입니다. 특히나 가주 검륜쌍절 단목중경은 천중십좌의 수위를 다툴 정도의 무인, 혹여 쉽게 보아 일을 그르칠까 우려되옵니다."

음사의 말에 태공공의 눈썹이 역팔자로 휘어졌다.

"본 공공이 친히 나선다 하여도 아니 된다 생각하는 것이냐?"

그 음성을 들은 순간 음사는 화들짝 놀라 피가 나도록 바닥에 머리를 들이박았다.

쿵!

"황망하옵니다. 당금 천하에 공공의 신위를 누가 있어 감당하겠사옵니까? 다만 그 번거로움이 공공께 심려가 될까 두렵사옵니다."

이마에서 흘러내린 피가 얼굴을 적시고 있으나 음사란 인물은 감히 고개를 들어 올릴 수가 없었다.

벌써 이 갑자를 넘게 살아온 태공공의 공력은 감히 상상할 수조차 없을 만큼 어마어마했으며, 거기다 불사지체에 가까운 기이한 무학을 익히고 있어 그 능력의 끝을 가늠하기 어렵다는 것을 음사는 잘 알고 있었다.

지난 세월 동안 은밀히 세상에 나가 태공공이 벌인 일들을 지켜보았던 음사로서는 생각만 해도 절로 몸이 떨릴 수밖에 없었다.

공력을 증진시키기 위해 살아 있는 이의 복부를 뚫은 뒤 그 피를 벌컥벌컥 들이키는 그의 모습은 도저히 인간의 그것이라 할 수 없을 정도였다.

태공공 스스로는 알지 못하나 식혈귀마(食血鬼魔)란 별

호는 칠패 중 하나로 이미 이십여 년 전부터 그렇게 불리었으며 예전에 벌써 강호무림의 공적으로 낙인 찍혀 있는 상태인 것이다.

하나 그 종적을 찾을 수 없는 것은 벌써 꼭 천 명의 생혈을 흡수하여 죽인 후부터 더 이상 그 잔악한 일을 벌이지 않았기 때문이었다.

하여 식혈귀마의 존재 역시나 서서히 잊히고 있는 시기였다.

그런 태공공의 능력은 이미 인간의 범주를 벗어난 것이었으며 그가 수족처럼 부리는 구대봉공이란 노마들 또한 그 한 명 한 명이 당금 강호제일 고수들이라는 천중십좌마저 눈 아래로 볼 정도의 인물들이었다.

거기에 내밀원의 위사들이 가세한다면 아무리 단목세가가 중원제일가라 불린다 하더라도 결코 온전하지 못할 것이 틀림없었다.

하나 굳이 그런 전면전을 벌일 이유가 없는 것은 자명한 일이었다.

이대로도 이미 천하는 태공공의 손아귀에 있는 것이나 진배없는데 괜한 사단을 일으킬 이유가 무엇이겠는가.

그것이 음사의 판단이었다.

"공공! 단목세가는 유가장의 일을 마무리 짓고 난 후 시일을 두고 천천히 처리하는 것이 가한 줄로 아뢰옵니다.

또한 봉공들만 나서도 능히 도왕과 단목세가의 호위들을 처리할 수 있을 것이라 사료되옵니다."

음사의 말에 태공공의 입술이 다시 한 번 잔뜩 비틀렸다.

"흐으음! 본 공이 직접 나서는 것이 그리도 걸린단 말이더냐?"

"태산은 그 자리에 있는 것만으로도 하늘을 떠받치는 기둥이 아니겠사옵니까."

"호호호훗호훗! 태산이라…… 태산……. 하면 이 한 번만 더 맡겨 보도록 하마. 뒷처리는 빈틈없이, 봉명공주 고계집이 어리다 하나 여간 잔망스러운 것이 아닌지라 자꾸만 거슬리는구나."

"추웅! 명을 받으옵니다."

*   *   *

"어허! 한동안 기별조차 없어 벌서 떠난 줄 알았다네."

금도산을 바라보는 유한승의 눈빛은 무척이나 부드러웠다.

연후의 성혼 문제로 머릿속이 심란하던 차에 그가 일부러 찾아와 주니 답답하였던 마음까지도 풀리는 기분이었다.

특히나 손자 연후가 금도산이 온 후부터 무공을 익히겠 단 소릴 더 이상 내뱉지 않게 되었으니 그를 바라보는 마음이 더욱 흡족할 수밖에 없었다.

"죄송합니다. 어르신. 별원에 거하면서도 제가 심려를 끼쳤습니다."

"자네에겐 무슨 말을 하지 못하겠구먼. 반가움에 농을 한 것을 가지고 어찌 그리 말한단 말인가? 그나저나 이렇게 이른 시간에 어쩐 일인고?"

유한승의 정감 어린 말투에도 불구하고 금도산의 음성이 조심스럽게 흘러나왔다.

"연후의 성혼 때문에 긴히 여쭐 것이 있어 왔사옵니다. 혹여 누군가 성혼을 반대하는 이들이 있는 것인지요?"

갑작스런 금도산의 질문에 폐부를 찔린 듯 유한승은 저도 모르게 탄성을 내뱉고 말았다.

"허허, 자네가 어찌 그것을 다 알았단 말이던가? 이 늙은이의 근심이 자네마저 편히 쉬지 못하게 하였던가 보구먼."

자책하듯 이어지는 유한승의 말에 금도산의 얼굴은 더욱 굳어졌다.

황궁 쪽 인물들의 야습이 있은 후부터 내내 마음이 불편하였던 금도산이었다.

다행히 유가장의 식솔들 모르게 조용히 처리하긴 하였

으나 차후에 이 같은 일이 또 발생할 수도 있었다.

스스로의 무위를 보여 주었으니 당분간은 별 탈은 없겠다 여기지만 다시 찾아온다면 전보다 더욱 치밀한 준비를 할 것이 뻔한지라 보다 근본적인 대처를 해야 하는 것이 옳다 여긴 것이다.

"연후의 성혼을 반대하는 무리가 있다는 말씀이시로군요. 또한 그들의 세가 결코 가볍지 않다는 것을 어르신 또한 짐작하고 계신 듯합니다."

금도산의 음성이 그렇게 이어지자 노학사 유한승의 주름이 더욱 깊어졌다.

"현재 조정의 상황이 말이 아닐세. 황상을 보필하여야 할 대신들이 환관들의 눈치만 보고 있는 처지가 된 것이 벌써 몇 해가 지났는지 헤아리기도 힘드네. 뜻 있는 대신들은 한직으로 좌천되기 일쑤이며 그나마 의기가 있는 이들이 한림원에 모여 때를 기다리고 있으나 언제 환관들의 칼이 그들을 향할지 모르니 그야말로 풍전등화나 다름없는 것이 그들의 처지이지……."

유한승의 음성은 너무나 깊은 시름을 담고 있어 이를 듣고 있는 금도산의 마음마저 더욱 무거워지는 듯했다.

조정의 일이야 정확히 알지 못한다 하나 오랜 내란 뒤 곧바로 수십 년간이나 이어진 무리한 정벌 전쟁으로 민심은 더없이 피폐하였으며 지방은 탐관오리들만이 득세하는 세상이 된 것은 금도산 역시 잘 알고 있었다.

거기에 하늘마저 민초들을 버렸는지 가뭄과 홍수가 몇 해나 계속되니 도처에 도적들이 들끓고 역병이 창궐하여 하루하루 살아가기도 어려운 것이 백성들의 삶이었다.

그러한 대륙을 연후의 아버지와 함께 십여 년이나 떠돌았던 금도산이니 그 참상을 모를 리 없었다.

"당금 황실의 상황은 그렇듯 환관들의 세상이라네. 동창이니 금의위마저 환관들이 틀어쥔 상태이니 그 틀이 무너지는 걸 바라지 않는 것이지……."

"어르신, 그것이 연후의 성혼과 무슨 관계가 있는 것입니까?"

"봉명궁의 군주께서 그 총명함으로 황상의 총애를 한 몸에 받고 있네. 또한 한림원의 학자들을 높이 사 황상께 그들을 중용하라며 진언을 올릴 수 있는 유일한 분이기도 하고……. 연후가 그런 봉명공주의 배필이 된다 함은 한림원이 본격적으로 내정에 참여할 수 있도록 물꼬를 트는 일이나 다름없는 것이지. 유가장의 후손이자 봉명공주의 부마도위란 이름이 그 명분이 되는 것이고……."

유한승의 음성이 그렇게 이어지자 금도산의 얼굴도 더욱 딱딱하게 굳어 있었다.

"결국 환관들이로군요. 권세를 위해 무엇이든 할 수 있는 이들이니 연후가 위험에 처할 수도 있겠습니다."

"이 늙은이도 그것이 걱정이라네. 봉명공주께서도 그것이 경계된다 하여 어림천위군을 친해 보내신다 하는데, 어찌 그것을 받아들일 수 있겠는가? 아직 황상의 윤허가 떨어진 것도 아닌데다가 벌써부터 겁을 집어먹은 모습을 보인다면 훗날에도 결코 그들과 대립할 수 없을 것이네. 그런 모든 일들이 노부를 근심케 하는 것이라네."

금도산이 나직하게 머리를 끄덕였다.

사태가 생각보다 훨씬 심각하며 또한 단순히 끝날 것 같지 않다는 생각이 들고 있는 것이다.

그렇다고 언제까지나 마냥 연후의 곁을 지켜 주는 것도 쉽지만은 않은 처지였다. 아직은 해야 할 일이 남아 있었기 때문이었다.

"외람된 말씀을 올려도 될런지요?"

"허허, 이 사람, 말은 자식처럼 대하라 해 놓고 자네가 정작 그리 벽을 쌓는 것인가? 내 늙었다 하나 바른말과 그른 말을 가려 들을 줄은 안다 자부하네."

"송구합니다. 다만 요 근자 유가장 안으로 수상한 자들이 난입하였기에 이렇듯 어른신께 상의를 하고자 온 것입니다."

"그런 일이 있었는가?"

"그러하옵니다. 다행히 제게 약간의 재주가 있어 그들

을 물리치긴 하였으나 이 같은 일이 또다시 반복될 수도 있으니 어르신께서도 대비를 갖추시는 것이 옳다 여겨집니다."

금도산의 말에 유한승의 노안이 말도 못하게 굳어졌다.

이전에도 조정 대신들 중 의문의 죽음을 당한 이가 부지기수였다.

환관들이 정적을 제거하기 위해 내밀원이 그렇듯 은밀히 움직인다는 것은 증거만 없다 뿐 공공연한 비밀로 알려진 일이었다.

한데 유가장에 벌써 그러한 일이 벌어질 뻔하였다 하니 사태가 생각보다 훨씬 심각함을 느낀 것이었다.

"자네가 아니었다면 진정 큰일 날 뻔하였구먼. 대체…… 대체 이 일을 어찌한단 말인가……."

깊은 시름이 담긴 유한승의 음성에 금도산이 침착하게 응대했다.

"하여 외부의 조력을 좀 받았으면 합니다."

"외부의 조력이라니?"

"다행히 문하에 단목강이란 청년이 있더군요. 그의 가문이 강호에서도 큰 힘을 지닌 곳이니 그들과 제가 함께한다면 저들도 함부로 준동하진 못할 것입니다."

금도산의 말에 유한승의 노안이 다시 한 번 나직하게 떨렸다.

"자칫 그 아이의 가문에도 화가 미칠 수 있다네."

"걱정하지 마십시오. 어르신께서 염려하신 위험 정도는 능히 견뎌 낼 힘이 있는 곳이 단목세가입니다. 그리고 한 가지 더……."

"무언가?"

"혁무린이란 공자에 대해 아시는 바가 있으신지요?"

"아! 무린이 말인가? 내 특별히 어여삐 여기는 아이일세. 솔직히 요 근자엔 연후 녀석보다 더욱 정이 가는구면. 한데 그 아이가 왜?"

"그냥 마음에 걸리는 것이 있어서 그러합니다. 출신 내력이 불분명한 듯하여……."

"신강에서 왔다 하더구면. 그 외 딱히 아는 바는 없네만 일견 가벼워 보이나 눈에 총기가 가득하고 심성이 곧아 능히 마음 안에 대해를 담을 수 있는 그릇인 아이일세. 딱히 걱정하지 않아도 될 것이네."

"네……."

나직하게 답하는 금도산의 눈빛이 전에 없이 깊이 가라앉아 있었다.

유한승 역시 전혀 혁무린이란 청년에 대해 아는 바가 없는 듯하니 마음은 점차 복잡해질 수밖에 없었다.

이대로 그를 연후 곁에 머물게 해야 하는지 당장은 판단이 서지 않는 것이다.

하나 다짜고짜 초노라는 노인을 핍박하기도 쉽지 않은 상황임은 분명했다.

노인은 그만큼 부담스러운 존재였다.

*   *   *

동이 터 올 무렵 어김없이 연후는 산 정상에 올랐다.

처음 산에 올라 염왕진결을 운용한 날 이후로 벌써 여드레나 빠짐없이 이어진 새벽 산행이었다.

갈아입을 의관까지 준비한 채 좌정한 연후는 몸 안을 휘도는 기운들이 날이 갈수록 점차 더욱 강맹하여지고 있음을 뚜렷하게 느낄 수 있었다.

온몸에 풍기는 악취 때문에 다시는 행하지 않을 것이라 생각했던 염왕진결이지만 마음 한편이 아쉬운 것이 쉽사리 끊어 내기가 힘이 들었다.

첫날 겪은 그 기묘한 열락 때문이 아니라 스스로도 느낄 수 있을 만큼 심신이 편하여진다는 생각에 이렇게 의관까지 따로 준비하여 산에 오르게 된 것이다.

"운공을 시작하여 연단지경에 들게 되면 몸의 노폐물이 모공을 통하여 빠져나오는 경우가 있다고 들었습니다. 이는 육체가 정화되고 있는 과정으로 결코 해가 되지 않습니다. 한데 그것은 어찌하여 물으시는 것입니까?"

첫날 자신의 몸에서 일어난 변화에 고민하던 연후는 때마침 단목강에게 궁금한 것을 물을 수가 있었다.

한데 그 대답이 나쁘지 않다 하니 조금 더 염왕진결이란 것에 빠져들게 되었고, 이제는 매일 새벽 그것을 행하는 시간이 하루 중 가장 즐거운 시간이 되어 버렸다.

더불어 염왕진결을 운용하여 그 기운들을 날숨으로 내뱉고 난 뒤엔 다시 광해경에 기록된 관해진결을 운용하며 아침을 맞는 것이다.

하나 관해진결에 따라 진기를 운용하는 일이란 염왕진결처럼 쉬운 일은 아니었다.

본시 축기가 되어 있는 공력을 두정으로 끌어올린 뒤 그 진기를 폭발하듯 안광으로 뿜어내야 하는 것이 관해진결이며 그 부단한 반복이 이어지다 보면 스스로 천광류를 터득할 수 있다는 것이 광해경상에 기록된 설명이었다.

한데 몇 가지 문제 때문에 더 이상 진척이 이어지지 않고 있었다.

첫째로 축기되어 있는 공력이 없다는 것이 가장 큰 문제였다.

광해경에는 삼십 년 공력이면 충분하다 했는데 그 삼십 년 공력이 있을 리 없는 연후였다.

하나 백부에게 배운 염왕진결이 있어 이로 대체하려는

것이었다.

하여 연후는 들숨으로 들어와 대주천을 행한 뒤 날숨으로 뱉어야 할 염왕진결의 기운을 그 중간에 멈추게 한 뒤 두정까지 끌어올리는 시도를 하고 있는 것이다.

어차피 둘 다 진결이란 이름이 붙었고 광해경에 이르길 어떤 기운이라도 상관없다 했으니 혹여 백부가 전하여 준 기운으로도 그 일이 가능하지 않을까 하는 시도를 하고 있는 것이다.

물론 그 같은 일이 얼마나 위험천만한 시도인지 연후 스스로는 전혀 인지하지 못하고 있는 상태였다.

정해진 혈도를 타고 순행하여야 비로소 심신에 도움이 되는 기운을 억지로 멈추게 하는 것도 모자라, 가지 말아야 할 곳까지 억지로 끌어올리는 시도를 하고 있으니 그 매번의 시도가 생사의 경계를 오락가락할 정도로 위험천만하다는 사실을 연후는 전혀 인지하지 못하고 있는 것이다.

몇 번이나 그 같은 시도를 하다 실패한 연후가 깊은 한숨을 내뱉으며 눈을 떴다.

"휴우! 역시 무리였나? 하긴……. 자칭 고금제일의 천재라는 저자도 십 년이나 걸렸다는 걸, 고작 며칠 만에 해낼 수야 없겠지."

혼잣말을 내뱉으며 몸을 세운 연후가 다시금 차분한 눈

으로 자신의 의복을 살폈다.

"흠! 냄새는 여전하네. 대체 언제까지 이래야 하는 건지……."

벌써 며칠이 지났지만 운공을 끝내고 나면 의복에서 풍기는 악취는 심하면 심해졌지 줄어들 줄을 몰랐다.

연후가 조심스레 주위를 둘러본 뒤 걸치고 있던 옷을 남김없이 벗었다.

가까운 곳에 냇가라도 있으면 좋으련만 아침마다 행하는 이 의복 갈아입기는 여간 불편한 것이 아니었다.

새 옷으로 갈아입는다 하여 몸 구석구석에 붙은 악취가 전부 가시는 것도 아니거니와 내려가면 또다시 옷을 갈아입고 입욕을 해야만 그 냄새를 지워 낼 수 있기 때문이었다.

하나 그 냄새나는 옷을 입고 그냥 내려가다 누구라도 마주치게 된다면 너무나 곤궁한 처지가 될 것이 뻔하니 불편하더라도 당분간은 이 같은 수고를 감내해야만 한다 생각했다.

아무 데서나 훌렁훌렁 옷을 벗을 수 없다 여기는 것을 보면 연후는 어쩔 수 없는 유생인 것이다.

그렇게 고의까지 모두 새것으로 갈아입은 연후가 악취에 찌든 옷을 돌돌 말아 옆구리에 낀 채 뒤돌아섰다.

유가장으로 내려가 하루를 시작해야 할 시간인 것이

다.

그 순간 연후가 흠칫하며 그대로 굳어졌다.

눈앞에서 해죽 웃고 있는 혁무린을 본 것이다.

"으히히히. 다 봤다."

너무나도 기이한 웃음, 연후가 당혹스러움을 감추지 못하고 입을 열었다.

"무린! 네가 여길 왜……."

"밤마다 나돌아 다니니 궁금하지 않을 수 있겠냐? 알잖냐? 나 궁금한 거 못 참는 거."

"……."

"걱정 마라. 비밀은 지켜 준다. 대 유가장의 장손이 뒷산에서 홀러덩 옷을 벗고 그랬다는 거 내가 어디 가서 절대로 함부로 떠들거나 그럴 사람 아니라는 거 너도 알 거다."

전혀 믿음이 가지 않는 혁무린의 말투에 연후의 얼굴이 와락 일그러졌다.

그러거나 말거나 무린은 여전히 입가에 미소가 절대로 가실 것 같지 않았다.

"어? 말해도 되나 보지? 동삼 형님, 엄청 좋아하시겠는걸. 아니 스승님께선 걱정부터 앞서실 터인데……."

일전에도 본 적이 있는 혁무린의 태도, 약점을 잡았다 하면 쉽게 놔주질 않는다는 것을 단목강의 일로 잘 알고 있는 연후였다.

하나 연후가 단목강처럼 어리숙하게 굴 이유가 없었다.

"사내가 사내의 알몸을 보았다고 떠벌리고 다닐 이유가 뭐냐? 괜한 소리 말고 따로 원하는 게 있으면 말해라."

연후의 말에 무린이 맥이 빠진다는 얼굴이었다.

"쳇! 넌 다 좋은데 너무 재미가 없단 말이야……. 사실 이것 때문에 온 거다."

무린이 품 안에서 자그마한 목함 하나를 꺼내더니 휙 하고 연후에게 내던졌다.

갑작스레 날아 든 목함을 엉겁결에 받아 든 연후가 잠시간 황당한 얼굴로 무린을 바라보았다.

척 보아도 결코 범상한 물건이 아닌 듯 보이는 목함, 거기다 목함에서 풍기는 청아한 향기가 머릿속까지 맑게 하는 기분이었다.

이게 대체 뭐냐라는 눈빛을 한 연후에게 무린이 툭 하고 한마디를 내뱉었다.

"친구 된 기념으로 한 약속, 삼십 년 공력이다. 대신 그거 먹을 때 조심해야 한다더라. 자칫 골로 가는 수가 있대."

무린이 툴툴거리며 산 아래로 내려가 버리자 홀로 남은 연후는 그저 황당한 표정으로 손에 들린 목함을 바라보기만 했다.

한편 산 아래로 내려가는 무린의 귓가로 초노의 나직한
불평이 이어졌다.

"소공! 노신이 얼마나 고생한 줄 아시기나 합니까? 이
리 쉽게 내주시다니⋯⋯."

"뭐! 초노니까⋯⋯. 그나저나 탈이 없겠지?"

"대환단은 딱 한 알이 남은지라 차마 꺼내 올 수 없었
으며 또한 화산에 매화신단이 있다는 것은 헛소문이었습
니다. 그나마 무당에 태청신단이 세 알 있어 그중 하나를
슬쩍해 왔습니다."

"휴, 무당이면 호북까지? 며칠 새 엄청 바빴겠네⋯⋯
그래도 이거 알려지면 난리나지 않겠어?"

"어디, 말코 녀석들이 아까워서 먹기나 하겠습니까? 당
분간은 들킬 염려 없을 것입니다. 염소 똥을 잘 말아 넣어
뒀으니⋯⋯. 이 사실이 알려지려면 한 백 년은 흘러야겠
지요."

"하하하하하! 염소 똥이라. 초노도 보면 은근히 재밌
어."

"엄한 약재로 비슷하게 만들었다가 정말 죽을 사람에게
먹이는 것보다 낫지요. 남은 두 알이 더 있으니 적어도 생
사람 잡을 일은 없을 것입니다."

"아하! 그래서 염소 똥이로군."

"흘흘흘, 사람이 최소한의 염치는 있어야 하는 법이지요."

"태청신단하고 염소 똥이라……. 흠…… 그걸 염치라고 해야 하나."

"이런 일 시킨 분이 누군지 까먹으신 겁니까?"

"아하! 그렇군."

第九章

삼종불기(三宗不記)

공부의 높고 낮음으로 생과 사의 간극이 결정되는 곳이
강호무림이란 세상이다.

그 생사의 간극 안에는 각기 다른 수많은 공부가 있고
각기 저마다 지고한 경지가 있으니 그 모두가 도가 아닌 것
이 없다 할 수 있을 것이다.

하다못해 백정이 도를 이루면 축생마저 편안히 눈을 것
이며, 장인이 도를 이루면 그가 만든 호미 한 자루에도 그
숨결이 느껴지는 것이 도의 이치.

화타나 편작 같은 이들은 의술로 도를 보아 활인지경을
밟았으며, 공맹은 가르침만으로 도를 얻어 세상을 변화케
하였다.

강호에 그 같은 도를 이룬 이가 있다면 당연 첫 손으로 무선을 꼽아야 할 것이다.

그는 무공 그 자체로 도를 이루어 천외천의 경지를 밟은 존재, 고금을 통틀어 본좌와 비견될 유일한 이가 바로 무선이라 생각하였으나, 그는 이미 산 사람이 아니니 본좌와 우열을 논함이 부질없기에 본좌 또한 결국 중원을 등지게 되었도다.

보다 높은 도를 얻고자 세상을 한 바퀴 돌아 다시 중원 땅에 이르렀더니 그 세월 동안 강호가 많이 변하였더라.

사질이 고 여우 같은 계집의 도움으로 무의 끝을 밟았다는 것은 그중 가장 즐거운 소식이라 할 수 있을 것이다.

하니 그 사질마저 두려움에 떨어 감히 상대하기 힘들었다는 이가 있어 강호가 파탄지경을 맞고 있으니 본좌가 어찌 이를 두고 볼 수 있겠느냐?

지인들은 놈을 파멸신마라 칭했다.

이제야 코를 납작하게 해 주겠다고 벼르고 별러 왔던 도마 노인마저 놈에게 당했다 하니 결국 본좌는 놈에게 천외천의 공부가 무엇인지 똑똑히 보여 줄 의무가 있다 하겠다.

본좌가 없었다면 경세제일신마에 고금제일존으로 강호를 누볐을 놈이 파멸신마라지만 한 세상에 하늘이 둘이 될 수 없음이 만고의 진리이니 놈에게 삼가 조의를 표하는 바이다.

본좌 이 기록을 끝내는 순간 놈을 찾아가 고금제일존이 누구인지 똑똑히 가리고자 할 것이다.

며칠 만에 서가에 모두 모인 청년들은 갑작스러운 연후의 물음에 꽤나 당혹스러워하고 있었다.

밑도 끝도 없이 백부 금도산이 얼마만큼 강하냐는 연후의 물음, 그것은 딱히 누구에게 했다기보다 아는 사람이 있으면 누구라도 좋으니 자세히 좀 설명해 달라는 그런 어조의 질문이었다.

그런 연후의 물음에 역시나 가장 반겨 한 것은 혁무린이었다.

"왜? 무공이란 거 정말로 제대로 한번 배워 보게?"

호기심 가득한 눈빛과 더불어 무척이나 즐겁다는 표정의 무린을 향해 연후가 대놓고 면박을 줬다.

"알고 있다면 모르되 아니면 가만히 좀 있어라."

연후가 지그시 노려보자 무린은 볼이 잔뜩 부어올랐다.

"나참, 기가 막혀서. 너 대체 무림에 대해 알고 있는 게 뭐냐? 어느 정도껏 알고 있어야 뭘 설명하던지 하지…….
대뜸 그렇게 물으면 누가 제대로 설명을 하겠냐?"

"내가 아는 것이 일천하나 들은 바가 조금은 있으니 긱

정하지 말거라."

연후가 지지 않고 대꾸를 하자 무린이 콧방귀를 뀌며 한마디를 더했다.

"늦게 배운 도둑질에 날 밝는 줄 모른다는 게 딱 너한테 어울리는 소리다. 너 칠패가 뭔지는 알고 있냐?"

무린의 반문에 연후가 딱히 대꾸할 말을 찾지 못했다.

일전에 백부가 금도산이 칠패 중 도왕이라 불린다는 소릴 듣긴 하였으나 그것이 정확히 어느 정도나 되는 위치인지 가늠하기가 힘든 지경이었다.

그때 마침 단목강이 조심스레 두 사람의 대화에 끼어들었다.

"연후 형님. 칠패라는 이름은 좋은 뜻으로 붙은 이름이 아닙니다."

예상은 했다만 단목강의 말에 연후의 눈이 조심스러워졌다.

"흉명이 되돌릴 수 없을 정도란 말이더냐?"

연후의 반문에 단목강이 주저하며 쉽게 말을 꺼내지 못하자 이번엔 별 관심 없는 표정이던 사다인이 툭 하고 한마디를 더했다.

"도왕, 독마(毒魔), 광승(狂僧), 귀마(鬼魔), 중살(衆殺), 괴개(怪丐), 검한(劍恨). 그 일곱을 칠패라 부른다. 그 위에 십좌가 있고 다시 그 위에 쌍성(雙聖)이란 고수가 있는 것이 강호다. 네 백부란 분은 그 칠패 중 첫 손에 꼽히는 강자라고 알려져 있다."

막힘없이 주르르 흘러나온 사다인의 말에 연후는 물론 단목강이나 혁무린마저 눈을 치켜떴다.

중원인도 아닌 사다인이 그 칠패의 별호까지 알고 있다는 사실에 꽤나 놀란 표정이었다.

그 시선이 기분 나빴는지 사다인이 싸늘하게 말을 이었다.

"흥! 언제 싸우게 될지 모르는 이들인데 그 내력 정도는 알아 둬야지 않겠느냐? 물론 싸우게 되면 내가 이긴다."

누가 들어도 참으로 터무니없는 자신감이라 비웃을 말이었지만 그 말을 꺼내는 이가 사다인이기에 청년들은 그를 나무랄 수 없었다.

특히나 단목강은 결코 흘려들을 수가 없는 말이었다.

더구나 그 십좌에 자신이 부친이 포함되어 있었다. 물론 지금 부친에게 사다인은 일초지적도 되지 않을 것이 분명했다.

내력 한 자락 없는 몸으로 상상을 초월할 정도로 빠르고 강한 투술을 펼치는 것은 인정하지만 그 정도 실력은 널리고 널린 것이 강호였다.

물론 그가 만약 체계적으로 중원의 무학을 습득하기만

한다면 앞으로 얼마나 강해질 수 있을지는 결코 예단할 수 없었다.

정말로 그럴 수만 있다면 앞으로 몇 십 년 후 그가 지금의 부친만큼 강해질 수 있을 것이란 생각이 들 정도로 사다인의 본신 능력은 탁월함 그 자체였다.

하나 그럴 가능성은 전혀 없었다.

그를 위해 상승의 내공심법을 구해 주고자 했으나 사다인은 그마저 단호히 거절했다.

단목세가의 소가주란 자리 정도면 충분히 가능한 일이라 호의를 베푼 것인데 일언지하에 거절당하고 말았다.

"착각하지 마라. 중원의 무학은 남만의 투술에 비해 한 수 아래다. 나는 쌈 툰의 후예다."

사다인이 말한 쌈 툰이 남만어로 벼락의 신이란 뜻이란 것은 알게 되었지만, 그것이 정확히 무엇을 뜻하는지는 알 수 없었다.

다만 사다인의 의지만은 결코 꺾일 것 같지 않았다.

한 번 뱉은 말을 주워 담을 성격이 아니라는 것쯤은 이미 파악한 지 오래였기에 결국 심법을 건네려는 생각은 접은 지 오래였다.

사다인의 냉랭한 음성과 함께 잠시 가라앉았던 분위기는 연이어진 무린의 음성과 함께 또다시 일변했다.

"전에도 말했지만 네 백부님 엄청 강하다. 거의 환우오천존 급이야!"

"형님! 제발 그런 얼토당토않은 말씀은 좀……."

단목강이 소스라치게 놀라 입을 열자 혁무린이 단목강
을 째려보며 목소리를 높였다.

"넌 아직 몰라. 사람 보는 눈이 없단 말이지. 고수는 고
수를 알아본다고 내가 누누이 이야기했지. 내가 거의 그
수준에 이르러 있으니까 단번에 알아보는 거지."

무린의 말에 단목강은 참으로 어이없다는 표정으로 혀
를 찰 수박에 없었다.

마찬가지로 사다인은 대꾸조차 하기 싫다는 표정, 하나
연후만은 무척이나 호기심이 짙어진 표정이었다.

일전에 매화자를 통해서 들었던 환우오천존에 대한 이
야기가 떠올랐기 때문이었다.

물론 무린의 허풍이야 익히 알고 있는 사실이지만 강호
무림에 대한 지식만은 단목강이나 사다인 못지않은 것만
은 틀림없어 보였다.

"그 환우오천존이라면 강호사에서도 가장 강하다는 다
섯 사람을 말하는 것 아니냐? 정말 백부님께서 그 정도의
경지에 이르렀단 말이냐?"

연후의 질문이 매우 진지하게 이어지자 무린이 방긋 웃
었다.

"틀렸다. 환우오천존은 진짜 강하긴 했지만 그들보다

더욱 대단한 이들이 있었지. 그들을 삼종불기(三宗不記)라 하지."

무척이나 자부심 가득한 눈빛과 음성에 연후는 저도 모르게 그 말을 따라 읊었다.

"삼종불기라……."

때마침 단목강이 다시 두 사람 사이로 끼어들었다.

"하나 그들은 그저 전설이지 않습니까? 실존하였다는 근거가 없는지라……."

단목강이 말끝을 흐리자 혁무린이 또다시 단목강을 나무랐다.

"삼종불기가 왜 삼종불기냐? 기록할 수 없는 세 명의 절대종사이기에 그리 부르는 것이지. 그들을 인정하는 순간 다른 모든 강호인들이 너무나 초라해지니까……. 내 말이 맞지?"

혁무린의 반문에 단목강은 차마 대꾸할 수가 없었다.

혁무린의 말이 타당하기 때문이었다.

어처구니없을 정도로 강하였으며 그 존재만으로 강호를 뒤바꾸었던 세 명의 절대자를 강호인들은 그렇게 한데 모아 삼종불기라 칭하며 그저 전설로 치부해 버렸다.

상고무림이라 불리던 고대의 강호를 말살하였다는 망공독황(亡空毒皇), 그 후 수백 년 세월 만에 간신히 태동하였던 무림을 또다시 흔적조차 없이 지워 버렸다는 망량겁

조(魑魍悧祖), 그리고 지금의 강호의 모든 무학이 그에게서 이어졌다는 기인 천무선인(天武仙人)까지.

그 하나하나가 결코 인간이 이룰 수 없는 일을 행하였기에 실존했다고 믿기가 어려운 존재가 바로 그들 세 사람이었다.

단목강 또한 그들의 존재를 머리로는 이해하면서도 감정적으로는 받아들일 수 없었다.

"실제로 그들을 언급하여 강호에 알린 것은 오직 지다성녀 한 분뿐이셨습니다. 또한 그분은 무제의 처로 알려져 있으니 단지 강호를 혼란에 빠지게 하려고 했던 것이라는 것이……."

단목강의 음성이 그렇게 이어지자 무린이 혀를 차며 그 말을 잘랐다.

"쯧쯔쯔쯔! 그렇게 멀리 가서 찾을 필요 없어. 그 세 사람 다 우리 자부문 출신과 알게 모르게 연관 있거든."

너무나 어처구니없는 말에 단목강은 또다시 할 말을 잃어버리고 말았다.

심해도 이건 정말 너무 심하다는 생각으로 이번만은 단목강도 눈에 쌍심지를 켰다.

"형님! 아무리 그래도, 대체 자부문이란 곳이 뭐라고……."

"모르면 말을 말어. 요거 하나만 알려 준다. 천무선인,

아니 무선이라고 불렸던 그 사람 이전에 무무노인이란 사람 있었던 거는 아냐?"

"네엣? 아……. 네…… 들어는 보았습니다. 그분이 남긴 책자가 무무진경이라 하여 한동안 강호를……."

"오홋! 아는구나. 그 무무노인이 우리 자부문의 가복이다. 따지고 보면 무선도 우리 자부문에서 시작된 거나 다름없지."

혁무린이 한껏 으스대며 입을 열자 내내 참고 있던 사다인이 날카롭게 한마디를 더했다.

"웃기는 놈! 왜, 환우오천존도 전부 다 네놈 부하라고 해라."

"어? 이거 날카로운걸. 하지만 사실은 그 정도는 아니야. 뇌령마군은 우리하고 전혀 상관없거든. 그는 남만 사람이니까……. 하지만 나머진 전부 다 알게 모르게 관계가 있지."

무린의 태연한 대꾸에 단목강은 아예 듣고 싶지도 않다는 듯 고개를 돌렸으나 사다인만은 그렇지 못했다.

뇌령마군이 바로 뇌신의 축복을 받은 이라는 사실은 부족 내에서도 대족장의 일가에게만 은밀히 전해져 내려오는 비밀 중에 비밀이었기 때문이었다.

한데 그 사실을 무린이 알고 있다는 사실은 결코 가벼이 넘길 수만은 없는 일이었다.

사다인이 날카로운 눈으로 무린을 째려보자 무린이 피식 웃었다.

"그 눈빛은……. 드디어 나를 매우 존경하게 된 눈빛이 구나. 걱정 마라. 난 친구랑은 안 싸우니까. 물론 친구니 까 한두 대 맞아 줄 용의도 있다. 대신 살살 때려라, 가급 적 얼굴도 피하고……."

그렇게 무린의 넉살이 이어지는 동안에도 사다인은 사 다인대로 굳은 얼굴이었다. 하지만 도저히 느물거리는 혁무린을 향해 꼬치꼬치 궁금한 것을 캐물을 수가 없었 다.

더구나 다른 청년들이 있는 곳에서 일족의 비밀을 고스 란히 드러낼 수도 없는 입장이라 혁무린을 은밀한 곳으로 불러야겠다는 마음을 먹을 뿐이었다.

한데 이 무린이란 녀석이 얼마나 눈치가 빠른지 벌써 화제를 전혀 다른 곳으로 돌려놓았다.

"연후야! 근데 그거 아직 안 먹었냐?"

무린의 말에 연후가 가만히 무린을 쳐다보다 품 안에서 목함을 꺼낸 뒤 탁자 위에 올려놓았다.

일순간 청아하고 시원한 약향이 서가 전체로 퍼져 나가 자 단목강과 사다인의 눈빛이 일변했다.

"어! 너무 부담스러워하지 않아도 된다니까. 전에도 말했지만 이런 거 우리 자부문에 엄청 많으니까. 편안하게 먹어도 돼. 절대 어디서 훔치거나 그런 거 절대 아니다."

무린은 묻지도 않았는데 절대라는 말을 두 번이나 강조했다.

순간 연후의 눈은 가자미처럼 쭉 찢어지고 단목강과 사다인은 얼굴은 더욱 굳어졌다.

"대체 이게 무엇이냐? 아무리 내가 그쪽 세상의 문외한이라도 결코 가벼이 여길 물건이 아닌 것 정도는 알 수 있다."

연후의 질문에 무린이 뭔가 켕기는 눈빛으로 화들짝 반응했다.

"거참! 별거 아니라니까. 그냥 가문의 비전 신단 정도로 알고 있으면 돼. 삼십 년 공력 얻고 싶다며? 왜 싫어?"

무린은 막무가내였지만 연후가 그걸 넙죽 받아먹을 수는 없는 노릇이었다.

뭔지도 모르는 것을 게다가 귀한 것이 틀림없어 보이는 물건을 필요하다고 꿀꺽 삼켜 버릴 연후가 아니었다.

그때까지도 가만히 목함과 무린을 바라보던 단목강이 나섰다.

"제가 좀 살펴도 되겠습니까?"

단목강의 말에 혁무린이 움찔했다.

"하하, 남에 거에 탐내고 그러면 안 된다. 그거 연후 꺼니까 보지 마라. 견물생심이라고 보면 마음이 동하고 그러는 거다."

무린의 그 말이 오히려 단목강의 마음을 확실히 굳히게 만들었다.

"형님께는 죄송하지만 좀 봐야겠습니다."

무린의 만류에도 불구하고 단목강은 덥석 목함을 집은 뒤 뚜껑을 열었고, 그 순간 조금 전과는 비교하기도 힘든 향이 서가 전체를 휘감았다.

단목강의 눈이 휘둥그레 변한 것은 당연한 일이었다.

"대단하군요! 이미 절전되었다고 알려진 무당의 태청신단이 아직도 남아 있다니⋯⋯."

"무슨 소리야? 아직도 무당 자소궁에 두 알 더 있는⋯⋯."

무린이 황급히 입을 닫았지만 이미 질식할 것 같은 침묵이 서가 전체를 감싸고 있었다.

잠시간 이어진 정적.

"⋯⋯."

"⋯⋯."

'이런!'

무린이 뜨악한 표정을 지었지만 단목강의 눈빛은 더욱 날카롭게 변해 있었다.

"처음 알았습니다. 자부문이 무당 자소궁에 있다는 사

실을……."

"아하하하하하! 하하하하!!"

무린은 그냥 웃기만 했다.

하나 입은 웃고 있는데 눈동자는 금방이라도 달아날 듯
이리저리 날뛰는 희한한 표정이었다.

그러면 그럴수록 단목강의 얼굴은 더욱 굳어져만 갔다.

눈앞에 놓인 태청신단, 대관절 이것을 어찌 무린이 얻
었는지 이해할 수가 없었다.

이 한 알이면 한동안 강호가 발칵 뒤집힐 정도의 가치
가 있는 보물이었다.

그럴 수밖에 없는 것이 태청신단은 소림의 대환단이나
화산의 매화신단과 더불어 강호삼대신단이라 불리는 천고
의 영약이다.

그것이 얼마나 귀한 것인지 다른 청년들은 전혀 이해하
지 못하는 것 같아 단목강의 마음은 답답하기만 했다.

혹여 이 소문이 퍼진다면 그 자체로 피바람이 일어도
전혀 이상할 것이 없는 일, 거기다 왠지 훔친 냄새가 진득
하게 나는 이 물건이 어떤 풍파를 일으킬지 몰라 근심은
눈덩이처럼 불어났다.

이는 도저히 그냥 넘길 수 없는 일이었다.

"설마, 정말 훔쳤습니까?"

그렇다고 해도 어찌 무당의 자소궁에 들어가 그것을 훔

쳐 내 올 수 있게나 하는 의문이 들었다.

하나 순간 무린의 표정이 불현듯 달관한 듯한 허허로운 표정으로 변했다.

"천고의 보물엔 저마다의 인연이 있는 법, 그 인연이 주인을 찾았으니 이것이 다 천의가 아니겠느냐?"

"……."

"……."

또다시 이어진 정적, 하나 단목강은 물론 연후조차 듣지 못할 말을 들은 것처럼 얼굴을 일그러뜨렸다.

잠시 뒤 연후가 무린을 외면하며 단목강을 향해 물었다.

"강 아우. 이것이 그렇게나 귀한 것이냐?"

궁금증 가득한 얼굴로 물어오는 연후를 보며 그 순진함에 단목강은 절로 한숨이 흘러나왔다.

"귀하다 뿐이겠습니까? 천금을 주고도 구하기 어려운 것입니다. 무경의 성취를 단번에 진일보시킬 정도로……."

"아이참! 별거 아니라니까? 그냥 산삼 한 뿌리 먹는다고 생각하면 돼!"

무린이 다시 입을 열자 단목강이 어처구니없다는 눈으로 무린을 쳐다보았다.

그러곤 더욱 차가운 음성을 내뱉었다.

"이거 그냥 먹으면 죽을 수도 있습니다."

"……!"

순간 단목강을 보던 연후의 고개가 천천히, 아주 천천히 무린에게로 돌아갔다.

"요즘 산삼은 사람도 죽인다 하더냐?"

"……."

"……."

이전보다 더욱 깊어진 정적, 하지만 무린은 오히려 영약이 왜 사람을 죽이냐 하는 표정으로 단목강을 바라보기만 했다.

단목강의 기나긴 한숨이 새 나올 수밖에 없는 상황이었다.

"하아아! 무린 형님! 무당에서 만든 태청신단입니다. 복용하는 것에도 다 절차가 있는 것입니다. 내력이 없는 이가 잘못 복용하면 심맥이 터져 나갈 수도 있는 위험천만한 물건이란 말입니다."

단목강의 딱딱한 음성에 연후의 눈빛은 더욱 날카로워졌으나 무린은 너무나 당당하기만 했다.

"그럼! 대환단이나 매화신단 같은 거 훔쳐 먹고 고수된 놈들은 다 뭐냐?"

"……."

단목강은 일순 대꾸할 말을 찾지 못했다.

무린의 말이 틀린 것은 아니었지만 적어도 태청신단을

복용하려면 기본적인 무당신공 하나는 알고 있어야 그 약력을 용해시킬 수가 있다는 것은 너무나 기본 중에 기본이었다.

한데 그 순간 무린이 또다시 엉뚱한 소릴 했다.

"보통 사람들은 참 불편하구나. 우린 영약 같은 거 그냥 먹으면 알아서 다 흡수되고 그러는데…… 쩝…… 미안. 그럼 그거 그냥 도로 갖다 놔야 되나."

이렇게까지 되자 결국 사다인이 참지 못했다.

"너……."

"……?"

"나 좀 보자."

무린은 울상을 지었다.

'아, 왜…….'

*   *   *

"백부님! 연후입니다."

늦은 시각 별원을 찾은 연후의 목소리는 무척 조심스러웠다.

하나 문을 열고 연후를 맞은 금도산의 표정은 투박한 인상과는 달리 무척이나 환하게 웃고 있었다.

"이 시각에 여길 다 찾고, 별일이로구나."

벌써 유가장에 도착한 지 보름이 넘게 흘렀지만 일부러 부르지 않으면 먼저 찾아오는 법이 없던 연후였다.

그런 연후가 자시 초가 다 되어 가는 늦은 시각에 거처로 찾아왔으니 의외라는 생각과 함께 기쁜 마음이 절로 일었다.

"날이 더워 그런지 쉬 잠이 오질 않습니다. 괜찮으시다면 몇 가지 여쭙고 싶은 것들이 있어 찾았습니다. 혹 제가 방해가 된 것은 아닌지요?"

늘 그렇듯 흐트러짐 없는 연후의 모습에 금도산이 너털웃음을 터트렸다.

"허허허! 어찌 그리 네 아비와 똑같은 것인지……. 일단 들어오너라."

금도산을 따라 전각 안으로 들어선 연후가 잠시간 벽면에 기대어 있는 거대한 도갑을 보며 멈칫하자 다시 한 번 금도산의 음성이 이어졌다.

"칼 구경하러 온 것은 아닐 터이고……. 게 앉거라."

"아……."

연후가 황급히 자리를 앉아 송구스러운 눈빛을 내비치자 금도산의 중후한 음성이 다시 이어졌다.

"그래, 대체 무슨 일로 이 시간에 날 찾았는고?"

금도산의 눈빛은 그 음성만큼이나 부드러워 연후의 마음을 편안하게 해 주었다.

하나 연후의 표정은 여간 조심스러워 보이는 것이 아니었다.

"저······."

"허허! 무슨 일이기에 이리 뜸을 들이는 것이냐?"

"우선 이걸 좀 보아 주십시오."

연후가 태청신단이 든 목함을 꺼내 내밀자 일순간 그 은은한 약향에 금도산의 눈빛이 일변했다.

"태청신단?"

금도산의 음성이 어찌나 강렬하게 강하던지 그 소리에 연후는 머릿속까지 울리는 기분이었다.

"대체 이것을 어찌 네가?"

"한눈에 알아보시니 말씀드리기가 한결 쉬워졌습니다. 동문수학하는 무린이란 친구가 건네준 것인데 워낙 귀한 물건이라 들었으니 어찌 처리할지 몰라 이렇게 찾았습니다."

"혁무린이란 그 아이 말이더냐?"

입을 여는 금도산의 눈빛이 더욱 차갑게 변했다.

그 호위인 초노라는 이가 지닌 능력만 해도 전부 가늠하기 힘들건만 이런 귀한 영단을 선뜻 건넸다 하니 의문은 걷잡을 수 없이 커져만 갔다.

"일전에 친우가 된 기념으로 공력을 준다 하여 그저 농으로 여겼는데······. 오늘 아침 이걸 제게 주었습니다. 되돌려 준다 해도 아니 받겠다 하며 부득불 제게 권하는지라 고심하다 이렇게 백부님을 찾았습니다."

연후는 비교적 차분하게 상황을 설명했고 금도산의 눈빛은 더욱더 큰 의문으로 가득했다.

"태청신단을 왜 네게?"

"일전에 말씀드렸다시피 공력을 좀 얻고 싶다는 푸념을 한 적이 있는데, 그 때문이라 합니다. 해서 어찌해야 할지 백부님께 의견을 구하고자 온 것입니다."

연후의 이어진 답에 금도산은 잠시간 말문이 막히고 말았다.

대관절 무슨 내력을 지닌 이이기에 이런 귀한 것을 선뜻 내놓을 수가 있는지 의문은 커져만 갔다.

그러면서 한편으로 이를 복용치 않은 것이 천만다행이라 여기지 않을 수 없었다.

"실로 큰일 날 뻔하였구나. 태청신단이 비록 도가의 선단으로 그 효용이 막대하다 하나 범인이 먹으면 오히려 독이 될 수 있느니라. 이 사실을 누가 또 알고 있느냐?"

"함께 수학하는 강 아우와 사다인이란 친구가 알고 있습니다. 혹여 문제가 될 수도 있는 것인지요?"

"아니다. 이 백부를 찾아온 것은 참으로 잘한 일이다. 더불어 그들에게도 절대로 함구하라 신신당부하거라."

단호하게 이어진 금도산의 말에 연후가 나직하게 대답했다.

"입이 가벼운 친구들이 아니니 심려치 마시옵소서. 한데 또 하나 궁금한 것이 있사옵니다."

"무엇이더냐?"

"정말로 공력이 생기는 것이옵니까? 그 태청신단이란 것을 복용하면……?"

"놈! 내 그리 일렀거늘 아직도 삿된 생각에 빠져 있단 말이더냐? 유가장의 업을 짊어지어야 할 네게 공력이 무에 그리 필요하더란 말이냐? 향후 이 같은 생각에 빠진다면 내 의제를 대신해 엄히 훈계할 것이다. 이만 나가 보거라."

금도산의 눈빛이 너무도 차갑게 굳어지자 연후는 그 눈을 마주 보기도 힘들었다.

하여 묵묵히 예를 표하며 그 자리를 빠져나갈 뿐이었다.

그렇게 금도산의 거처를 빠져나온 연후는 고개를 갸웃거릴 수밖에 없었다.

'이렇게나 화를 내신다면 뭔가 다른 이유가 있으신 것인가?'

금도산의 필요 이상의 노기에 오히려 의문을 지울 길이 없어진 연후였다.

금도산의 눈에야 그저 치기 어린 호기심으로 비쳐질지 모르겠으나 지금 연후의 그릇은 범인의 그것을 넘은 지 오래였다.

부친이나 모친에 관한 궁금증 같은 것이 치밀어 올라도 그저 때가 되면 알려 주겠지 하는 정도로 참아 낸다는 것만 해도 연후의 소양은 결코 모자란 것이 아니었다.

더불어 잘못한 것이 없기에 위축되거나 할 이유 또한 전혀 없었다.

하니 오늘 같은 금도산의 과한 처사가 자꾸만 머리를 갸웃거리게 하는 것이다.

"강호란 세계, 내가 가면 안 되는 이유라도 있는 것인 가?"

연후가 그런 의문을 가진 채 별원을 빠져나간 후, 목함을 바라보는 금도산의 얼굴은 그 어느 때보다 굳어져 있었다.

"정녕, 피가 너를 부르고 있는 것이더냐……. 아니 된다. 너마저 이 모진 세상에 발을 담그게 된다면 내 어찌 의제를 볼 면목이 있겠느냐."

금도산이 혼잣말을 내뱉은 뒤 자리에서 벌떡 일어섰다.

목함을 품 안에 갈무리한 뒤 벽면에 기대 선 도갑을 향해 힘차게 팔을 내뻗었다.

슈앙!

일순간 거대한 대도가 보이지 않은 끈에 딸려 오듯 금도산의 하나뿐인 손으로 날아들었다.

그 직후 별원 밖으로 나간 뒤 잠시 동안 마당에 멈춰서 어둠 가득한 사방을 주시했다.

무겁게 이어지는 정적.

"좀 보십시다."

한참이나 그렇게 멈춰 있던 금도산의 입이 열리고 잠시 뒤 별원 담장 한편에서 흑의인이 모습을 드러냈다.

단목강의 호위인 음자대의 대주 암천이었다.

"무슨 일이냐고 물으십니다."

왠지 초노인의 부하가 되어 버린 듯한 암천의 태도는 금도산을 대함에 있어 여전히 조심스러웠다.

그런 암천을 향해 금도산이 옷소매를 펄럭였다.

슈악!

"헉!"

혹 암기라도 날리는 줄 알고 깜짝 놀랐던 암천이 눈앞까지 날아와 갑작스레 멈춘 목함을 두 손으로 받아 냈다.

눈만 멀뚱멀뚱 뜬 채 손에 들린 목함과 금도산을 번갈아 바라오는 암천.

"어찌 된 것인지 연유를 듣고 싶다 전하게."

금도산의 말에 암천이 고개를 끄덕인 뒤 갑작스레 그 앞에서 사라져 버렸다.

금도산은 여전히 그 자리를 지키고 있었고 잠시 뒤 그 자리에 다시 암천이 나타났다.

"모시는 분의 뜻이니 초노 어르신도 연유는 잘 모른다 전하시랍니다."

암천의 말에 금도산의 눈빛이 날카롭게 꿈틀댔다.

"차후에 다시 이 같은 일이 벌어진다면 더 이상 간과하지 않을 것이라 전하게."

암천은 또다시 사라졌다 나타났다.

"모시는 분의 의중은 감히 거역할 수 없으니 그리 알라고 전하십니다."

"정녕!"

금도산의 일갈과 함께 일순간 그의 왼쪽 빈 소매가 강풍에 휩쓸린 듯 파르르 떨렸다.

"헙!"

그 순간 암천은 외마디 비명 같은 숨을 토해 낼 수밖에 없었다.

일전에도 보고 느꼈지만 정녕 도왕의 무위는 그 깊이를 가늠하기 어려울 정도였다.

'젠장! 왜 내가 중간에 끼어서……. 둘이 직접 얘기하라고.'

암천의 얼굴은 완전히 일그러져 있었다.

금도산도 금도산이지만 초노 역시 두렵기는 매한가지, 이쯤 되자 둘이 직접 붙으라고 쏘아붙이고 싶은 심정이었다.

단목세가 음자대의 대주라면 어지간한 문파나 세가들은 그 이름 앞에서 찔끔 오줌을 지릴 정도의 힘을 지녔건만 이 두 사람은 어찌 해 볼 도리가 없었다.

그때 다시 금도산의 음성이 이어졌다.

"두 사람에게 악의와 적의가 없음을 알고 참았으며 그 뜻이 유가장과 다른 청년들의 안위에 있다 하여 두고 보았음이다. 하나 그 아이가 강호와 연이 생기게 됨은 또 다른 파탄의 징후가 될 수 있으니 도저히 묵과할 수 없다."

금도산의 서슬 퍼런 눈빛에 암천도 더는 참지 못하고 입을 열었다.

"그러니까 그걸 왜 저한테……. 두 분이 직접……."

입을 여는 내내 금도산의 기세에 압도되어 암천의 음성은 심하게 떨렸고 그 음성이 채 끝나기도 전 노인의 혀 차는 소리가 이어졌다.

"헐헐헐헐헐! 그리 말하니 뭔 사연인지 더 궁금하구먼. 태청신단이란 보물을 안겼더니 소공께선 얼굴에 피멍이 들도록 두들겨 맞질 않나, 늙은이를 이렇게나 핍박하질 않나……."

도저히 어디서 들려오는지 알 수 없는 음성, 금도산의
눈빛이 파르르 떨렸다.

'기감이 없다!'

분명 지척에 있음에도 그 존재를 감지할 수 없다는 사
실이 금도산을 긴장시켰다.

이는 노인의 능력이 전에 본 것이 다가 아니라는 것을
반증하는 것. 금도산의 표정이 더욱 굳어질 수밖에 없는
이유였다.

"노인과 혁 공자의 내력을 더 이상 캐묻지 않는 것과
다를 것 없는 이유요. 차후 이런 일이 다시 벌어진다면 절
대로 용서치 않을 것이오."

"헐헐헐헐…… 일단은 알아들었다고 해 두지. 하나 요
거 하나는 명심하게. 자네야말로 조심해야 해. 소공께서
진짜 화를 내시면 정말로 큰일이 나게 된다는 것을…….
그리고 자네 말이 짧아졌어. 고 버릇 천천히 고쳐 줌세."

"바라는 바요."

       *   *   *

"초노? 그런데 정말 이거 그냥 먹으면 죽을 수도 있는
거야?"

"혈혈혈. 그럴 수도 있고 그렇지 않을 수도 있습니다."

"뭐야. 좀 쉽게……."

"간혹 특이한 체질이 있어 약력이 해를 끼칠 수도 있지만 반대로 그 자체로 잠력이 되어 몸 안에 고스란히 담길 수도 있지요. 신단이란 이름이 붙을 정도이니 그 정도 공능이야 당연한 것이지요."

"어쨌든 내공이 그냥 뚝딱하고 되는 건 아니란 말이네?"

"혈혈혈. 공력이 그리 쉽게 얻어지는 것이라 생각한 것이 소공의 실기인 것이지요."

"쳇! 그럼 미리 말해 주면 좋았잖아. 좋은 일 하려다가 눈탱이가 밤탱이가 되고…… 뭐 다른 방법은 없을까?"

"왜 그리 유 공자에게 집착하십니까?"

"그 녀석만 터무니없이 약하잖아."

"정말로 그런 이유 때문이십니까?"

"……."

무린은 잠시 대답이 없이 산자락 아래로 보이는 유가장을 바라보기만 했다.

깊어 가는 어둠 속에서 유가장뿐 아니라 매화촌 전체가 잠들어 있는 시간, 무린의 눈빛도 이전과 달리 꽤나 진중하게 변해 있었다.

"아버진……. 왜 굳이 여기로 날 보냈을까?"

한참이나 말이 없던 무린이 그렇게 입을 열자 초노의 대답이 이어졌다.

"주공의 뜻을 노신 따위가 어찌 감히 추측이나 할 수 있겠습니까."

"하긴……. 그 속을 누가 알겠어. 그래서 나 괜히 심술 부리는 걸지도……."

"주공께선 세상을 주관하시는 분이십니다. 한마디가 천리가 아닌 것이 없으며 그 행보가 천의가 되시는 분이십니다. 그분께서 예 머물라 하셨다는 것은 이 안에 소공께 이어지는 무언가가 있기 때문이 아닌가 조심스레 짐작해 봅니다."

"그게 무엇일까?"

"헐헐헐헐. 노신은 그저 자부문의 가복일 뿐이지 어찌 주공이나 소공의 행보에 관여하겠습니까."

"쳇! 한 가지 확실한 건 말이지……. 난 아버지처럼은 안 살 거라는 거야."

"헐헐헐헐! 그때가 되면 누가 소공의 뜻을 거스르겠습니까. 하나……. 주공의 삶을 부정하진 말아 주십시오. 본가의 아둔함이 불러일으킨 실기가 그저 한량없어 죄스러울 따름입니다."

"그 얘긴 말자. 내가 보기엔 별 잘못도 아닌데 뭘……. 아버진 잠들었고 세상은 위험했잖아. 나가서 책자 몇 권

뿌린 게 무슨 잘못이라고……. 덕분에 삼종불기니 하는 말들이 떠돌긴 해도, 누가 그런 걸 신경 쓰겠어. 초노는 그냥 지금처럼 내 곁에 있어 줬으면 해……."

"망극하옵니다. 소공."

"망극은 무슨……. 절대 늙었다고 구박하거나 안 그럴 테니까 미리부터 그러지 말라고!"

"헐헐헐헐……."

"그나저나 정말 방법 없어? 연후 녀석 내공 만들어 주고 싶은데……."

"허헐, 꼭 하셔야겠다면 태청신단으로 가능하긴 합니다. 먼저 개정대법을 시전하여 기경팔맥이 막힘없는 상태가 되면 자연스레 약력이 단전에 모이게 되지요. 그도 아니면 일 갑자 내력 이상의 고수가 격체전공으로 약력을 도인하는 법이 있는데 도왕이나 노신 정도 되면 아주 쉬운 일이랍니다. 마지막으로 전신타혈 혹은 전신타통이라는 아주 원초적인 방법이 있습니다."

"전신타통?"

"말 그대로 약력이 몸에 배일 때까지 두드려 패는 것이지요. 신단이라는 것이 정상일 땐 무익하지만 몸이 망가지면 약력 스스로 몸을 회복시키려 하는 성질이 있습니다. 하여 약력이 스스로 움직여 퍼졌다가 종국엔 단전으로 모이게 된답니다. 물론 매우 큰 고통이 수반되는 단점과 더

붙어 약간의 위험이……."

"그거 좋은 방법이네…… 전신타통이라……."

무린이 씨익 웃는데 그 표정이 그 어느 때보다 더욱 사악하게 보였다.

"그걸로 하는 게 좋겠어. 전신타통. 이제 이거 먹이기만 하면 되는데……."

손안에 쥔 목함을 바라보는 혁무린의 눈빛, 연후에게는 또 다른 강호와의 인연이었다.

〈『광해경』 제2권에서 계속〉

광해경

1판 1쇄 찍음 2009년 11월 26일
1판 1쇄 펴냄 2009년 11월 30일

지은이 | 이훈영
펴낸이 | 정 필
펴낸곳 | 도서출판 뿔미디어

기획, 편집 | 김대식, 장상수, 권지영, 심재영, 장보라
관리, 영업 | 김미영
출력 | 예컴
본문, 표지 인쇄 | 광문인쇄소
제본 | 성보제책사

출판등록 | 2002년 9월 11일 (제1081-1-132호)
주소 | 부천시 원미구 중동 1058-2 중동프라자 402호 (우)420-023
전화 | 032)651-6513 / 팩스 032)651-6094
E-mail | BBULMEDIA@paran.com

값 8,000원

ISBN 978-89-6359-257-2 04810
ISBN 978-89-6359-256-5 04810 (세트)